声優ラジオのウラオモテ
#06 夕陽とやすみは大きくなりたい？
あたしがパーソナリティのときに来るんじゃないよ。
気遣いとか知らない？ あ、聞いたことない？
そもそも、あなたがこのラジオに出すぎなんでしょう。
大体いるじゃない
JN073375
だれ

みなさん、ティアラーっす！
海野レオン役、歌種やすみです

Tiara★Stars Radio

みなさん、ティアラーっす。
和泉小鞠役の、夕暮夕陽です

Tiara
Stars
ティアラ☆スターズ
この作品は、アニメ、ゲーム、ライブと様々なメディア展開を予定するプロジェクトだ。アイドル候補生の主人公たちが、アイドルの頂点に送られる称号〝ティアラ〟を目指す物語。それに合わせて、現実でも声優たちによるライブが行われる。
歌種やすみ
双葉ミント
柚日咲めくる
御花飾莉
SCENE #01
ティアラ☆スターズ、始動!!

チーム"ミラク" ON STAGE!!
SCENE #02
煌びやかな衣装を身にまとい、
軽やかに走り抜ける。
広い会場には光が溢れ、
ステージを照らしていた。
リハーサルでは
空っぽだった客席には、
たくさんの人が集まって
声を上げている。
サイリウムが、色とりどりに
輝き揺れていた。

- 第1回　～やすみとめくるの初回放送～
- 第2回　～やすみとミントの後輩ラジオ～
- 第3回　～やすみと飾莉のふわふわラジオ?～
- 第5回　～やすみと花火のティアラーっす!～
- 第6回　～やすみと夕陽のいつものラジオ?～
- 第7回　～やすみとめくるのピンチなラジオ?～

夕陽とやすみのコーコーセーラジオ!

- 第59回　～夕陽とやすみの修学旅行～
- 第63回　～夕陽とやすみは大きくなりたい～

夕陽とやすみのコーコーセーラジオ!

声優ラジオのウラオモテ

「「ティアラ☆スターズ☆レディオー！」」

「はい、というわけで第1回が始まりました、『ティアラ☆スターズ☆レディオ』！　今回パーソナリティを務める、海野レオン役、歌種やすみでーす。そしてそしてー？」

「はーい、どもどもー。小鳥遊春日役、柚日咲めくるですー。えー、この番組は『ティアラ☆スターズ』に関する様々な情報を、皆さまにお届けするため始まりました！」

「アニメ、ゲーム、ライブ、イベントと幅広く活動していく作品なので、ここでもニュースをお届けできればと思います！」

「回によって、パーソナリティを務める声優も替わっていきますので、お楽しみに！」

「……というわけでね。今回は、あたしと柚日咲さんのふたりでやっていくわけですけども」

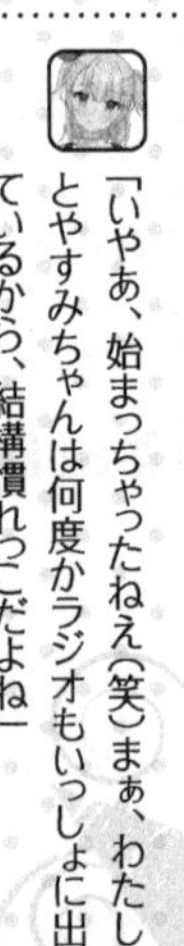
「いやぁ、始まっちゃったねえ（笑）まぁ、わたしとやすみちゃんは何度かラジオもいっしょに出ているから、結構慣れっこだよね」

「あー、そうだねー。一時期、ずっと柚日咲さんと絡んでた覚えあるよ（笑）今日はアレ、やらなくていいの？　くるくる～ってやつ」

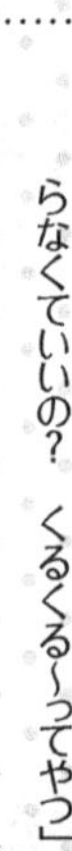
「おいイジってんな。先輩のラジオの挨拶イジってんな。ほかのラジオで自分ところの挨拶するわけないでしょ」

「じゃあ、あたしがやるわ。みなさん、くるくる～、歌種やすみでーす」

「なんでやった？」

ティアラ☆スターズ☆レディオ！

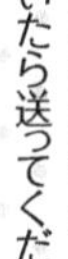

「やっとかないと嘘かなって……。まぁ冗談はさておき。こんな感じで、パーソナリティも様々な組み合わせになると思うので、毎週聴いてくれると嬉しいです」

「あ、挨拶の話が出たからついでに。このラジオの挨拶も募集しているそうです。いいのを思いついたら送ってくださーい」

「声優ラジオあるある、変な挨拶決めがちってやつね」

「変な挨拶言うな。言葉を選べ。ほかにも、こういうことやってほしい、という要望や、作品の感想などもドシドシ送って頂けると嬉しいです。たくさんのメール、待ってまーす」

「お願いしまーす。やー、作品が展開していくのも楽しみだけど、いろんな声優さんと絡めるのも嬉しいなー。次、だれといっしょになるかなっていうドキドキ感もあるよね」

「そうだね。固定のパーソナリティがいないから、回によってぜんぜん違う空気になりそう」

「新人ちゃんとか、どんなふうになるか想像つかないしねえ。でも、あたしとしてはアレかな。これから柚日咲さんと絡むことが多くなるのは、嬉しいな〜って思ってるよ」

「お。なになに、かわいい後輩ムーブするじゃん。わたしもやすみちゃんと何かをやるのは、嬉しいし、今回のラジオも——」

to be continued……

オッケーでーす、という声が聞こえて、佐藤由美子はイヤホンを外した。

ふぅ、と息を吐く。

目の前には、見慣れた光景が広がっている。

テーブルの上に並べられたマイクやカフ、台本、時計、ストップウォッチ、飲み物。

ガラス張りの向こう側では、複数のスタッフが機材を前に動いている。

ここはスタジオのラジオブース。

由美子はここで、さっきまで収録を行っていた。

目の前には、ラジオの相方が座っている。

いつもの収録なら、相手は見慣れた人物だった。

気に喰わない根暗女。

けれど、今日の相手は。

「……はあ。またあんたとラジオをやる羽目になるとはね。前の尻拭いで、もうお腹いっぱいだったのに」

大きなため息とともに、彼女は頬杖をつく。

小さな顔に大きな瞳、細い肩に豊かな胸。

さらりとして艶のある髪は、首筋を隠す程度の長さ。

可愛らしい顔立ちの女性で、小柄なこともあって庇護欲を誘う容姿だ。

彼女の中身は、決して守られるような大人しいものではないけれど。

ブルークラウン所属の声優、柚日咲めくる。

きちんとカフをオフにして、作家がいないタイミングで嫌味を言う抜け目のなさが、とても柚日咲めくるらしい。

以前は、そんなめくるがとても威圧的に見えた。

けれど今は、その姿が見られて嬉しいくらいだ。

そんな由美子に対し、めくるは怪訝そうな目を向ける。

「なに、にやにやして。気持ち悪いんだけど」

「いやいや。めくるちゃんだなー、と思って。そういうところ、好きだなーって」

素直に言うと、めくるは目を大きく見開いた。

澄ました表情が剝がされ、カーッと頰が赤くなる。

どうやらそれを自覚したようで、慌ててそっぽを向いた。

すぐさま表情を戻し、こう続ける。

「ばば、ば、ば、ばば、バカじゃないの……、す、好きとか、はあ？　って感じだし……」

「動揺しすぎでしょ」

笑いを嚙み殺す。本当に可愛らしい人だ。

しかし、収録の外ではこんな調子でも、ひとたびキューが出れば頼りになる先輩に早変わりする。

とても優れたラジオパーソナリティだ。

収録中は油断していると、めくるに手を引かれるだけになってしまう。

歌種やすみのトークスキルでは、柚日咲めくるの足元にも及ばない。

だから、少しでもついていけるように技術を盗まなければ……。

——と、由美子が決意しているこの状況。

めくるとふたりでブースにいるのは、『ティアラ☆スターズ』という作品のためだ。

そういえば、あのときもあいつに似たようなことを言われたな——、と思い出す。

「んふ」

電車に揺られながら、由美子はひそかにほくそ笑んでいた。

鞄からこっそり資料を出して、その表紙を確認したからだ。

『ティアラ☆スターズ』。

先日、マネージャーの加賀崎りんごからオーディションに合格したことを告げられた。

この作品は、アニメ、ゲーム、ライブと様々なメディア展開を予定するプロジェクトだ。

必然的に稼働が増える。

久しぶりに、大きな仕事だった。

仕事が少ない由美子にとって、この作品に対する期待は大きい。

同じ日に合格を告げられた『魔女見習いのマショナさん』は制作が間に合っておらず、修羅場と化す危険性があるが、こちらはそのような心配もなさそうだ。

そして、今日はその『ティアラ☆スターズ』の打ち合わせ。

メインはライブの話になるようだが、プロジェクトのこれからや、スケジュールなどについて話すそうだ。


空白のスケジュールがどんどん埋まっていく。

顔もにやける、というものだ。

「なに。ひとりでにやにやして。完全に不審者よ、あなた」

そんな声が突然降ってきて、ビクッと身体が跳ねる。

いつの間にいたのか、見慣れた人物が目の前に立っていた。

普段なら声なんてかけてこないくせに、人が隙を見せたらこうだ。

渡辺千佳。

芸名、夕暮夕陽。

ブルークラウン所属の声優である。

そして、同じ高校のクラスメイトでもあった。

長い前髪が瞳を隠し、制服も決して着崩さない真面目スタイルなので、傍から見ればただの地味な女子高生だ。

しかし、ひとたび声を発すれば、新人とは思えないほどの演技力を魅せる。

ヘアアレンジとメイクをすれば、だれもが見惚れる美少女に変身する。

それが彼女、夕姫こと渡辺千佳である。

一方、由美子も同じ制服姿だが、千佳とは正反対だ。

ゆるっと巻いた髪、耳たぶに光るイヤリング、ハートのネックレス、短いスカート。

そこに派手なネイルチップとメイクが重なるものだから、だれがどう見てもギャルだ。

しかし、由美子も千佳と同じく声優業をしている。

佐藤由美子。

芸名、歌種やすみ。

チョコブラウニーに所属して四年目に入ったが、現在進路に悩み中の声優だ。

千佳は既に大学進学を決めているため、何から何まで正反対。

そんなふたりだが、同じ学校、同じクラスという偶然から、『夕陽とやすみのコーコーセーラジオ!』という番組でパーソナリティを務め、最近なにかと共演も多い。

よくも悪くも、縁のある相手だった。

千佳はこちらを見下ろしながら、はっと笑う。

「周りへの楽しいですアピールのしすぎで、表情が戻らなくなったの？　ひとりで楽しそうにしているところ悪いけれど、周りが怖がるからやめたほうがいいわよ」

「そういう渡辺さんは、仏頂面のしすぎで顔のパーツ位置固まったの？　学校だと一生その顔だもんね。変わらなすぎて彫像説が出てるから、気を付けたほうがいいよ」

「は？」

「あ？」

　バチバチと言い合いをしていると、電車が駅に着いた。

　乗客が何人か降りていき、由美子の隣の人も席を立つ。

　仕切り板と由美子の間に、ひとり分のスペースが空いた。

　千佳はちらりとそこを見る。

「座ったら？」

「…………」

　由美子の言葉に、千佳は若干の逡巡を見せたものの、結局は黙って従った。

　空いたスペースに、ちょこんと座る。

　早速、彼女のほうに体重をかけて、仕切り板とサンドイッチしてやった。

「ちょっと！　重い狭い苦しい！　物理的な嫌がらせに頼るようになったら、もう終わりでしょう⁉　いよいよ野蛮人よ、あなた！　あなたのそういうところ、本当に嫌い！」

「いやぁ、混んでるから。我慢してよ、お姉ちゃん。あー、混んでる～」

千佳は身体が小さいので、簡単に潰れていく。

華奢な腕を一生懸命使って、押し返そうとしてくるけども。

しばらく攻防を繰り広げていたが、ついに押し退けられたので大人しくやめる。

千佳は荒い息を吐きながら、鋭い目つきで睨んできた。

おお、こわ。

「あなたにはプライドがないの？　反撃したいなら口を使いなさいな」

「変なポーズで潰れていた人に、プライドとか言われても」

潰れたポーズを再現すると、千佳は目を三角にする。

そのまま何かを言いかけたが、動きが止まった。

千佳の視線が、こちらの手元に向かう。

「あぁ……、あなた、それを見てにやけていたのね」

資料は鞄に仕舞いかけていたものの、見つかってしまった。

図星を指され、カッと顔が熱くなる。

しかし、殊更否定するのも恥の上塗りになりそうで、そっけなく返事をした。

「べつにいいでしょ。大きな仕事だし、やりたかった仕事でもあるんだから。喜んじゃうのは仕方ないと思うけど」

意外にも千佳はそれで納得したらしく、嫌味を言ってくる様子もなかった。

それはそれで、余裕に感じられて面白くない。

苦し紛れのように言葉を付け加えた。

「ま、あんたと共演っていうのは面倒くさいけど」

「あらあら、キレのないこと。照れ隠しで突っかかっているのがバレバレよ。恥ずかしいなら言わなきゃいいでしょうに」

「ぐむ……っ」

再び図星を指され、顔がさらに熱くなる。

千佳が肩を竦めるものだから、余計腹が立った。

しかし、これ以上何か言っても、さらに墓穴を掘ることになりかねない。

仕方なく、すごすごと引き下がる。

——夕暮夕陽とは『魔女見習いのマショナさん』と同タイミングで、『ティアラ☆スターズ』でも共演することがわかった。

夕暮夕陽と歌種やすみは芸歴も近いし、年齢も同じ。

共演が重なるのは、それほど珍しいことではない。

『ティアラ☆スターズ』は、若手や新人の起用を優先していたから、なおさらだ。

けれど。

この状況で、ふたりが揃って起用されるというのは、大きな意味があった。

はしゃいでいる、とは思われたくないが。

気持ちは共有したくて、口を開いた。

「ねぇ、渡辺。『ティアラ』って、かなり大きな仕事だと思うんだけどさ」

「うん？　……まぁ、そうね。アニメのアフレコ、歌のレコーディング、ゲームの収録……、あとラジオも。大きな仕事よね」

千佳は指折り数えていく。

それらが並んでいくだけで、顔がにやけそうになった。

しかし今、由美子が言いたいのはそこではない。

「あとイベントと……、ライブがあるじゃん？」

『ティアラ☆スターズ』はいわゆるアイドルものと呼ばれる作品だ。

アイドル候補生の主人公たちが、アイドルの頂点に送られる称号〝ティアラ〟を目指す物語。

それに合わせて、現実でもライブが行われる。

キャラクターの代わりに、声優である由美子たちがステージの上に立つ。

煌びやかな衣装に身を包み、キャラクターの声で歌ったり、踊ったり。

サイリウムの光に包まれながら、歓声を浴びる。

それはすなわち。

「アイドル声優みたいだなって」

「…………？　まぁ、そうね。ライブもあるし、若い声優ばかりだからそういう感じはするけれど……。それが嬉しいの？」

千佳は怪訝そうな目を向けてくる。

アイドル声優と言っても、一口に言えないくらい様々な意味がある。

だが、『新人の若い子たちが集められ、ライブをする』といったところだけを抜き取ると、『アイドル声優っぽい』という印象になる。

どういった振る舞いを期待されているかは、明白だ。

別に、それ自体が嬉しいわけじゃない。

嬉しいのは。

「嬉しいのはさ。こういう仕事を、させてもらえるようになったんだなぁって」

「……あぁ」

納得がいったらしい。

千佳は小さく息を吐き、椅子に深く座り込んだ。

皮肉っぽい笑みを浮かべる。

「いつかのわたしたちでは、決して受けられない仕事だものね」

『うーん、でもほら。歌種さんと夕暮さんがね。ちょっとやらかし入ってるじゃん。あんまり表に立ってもらうのはさぁ。変なこと言われても困るでしょ？』

　そんなふうに、言われていたこともある。

『紫色の空の下』の収録現場で、プロデューサーたちが陰で口にしていた。

　知らないところでは、もっと言われていたに違いない。

　夕暮夕陽の、裏営業疑惑のあと。

　由美子も千佳も、表に出る仕事から遠ざけられた時期があった。

　それは制作側から考えれば、当然の選択だと思う。

　炎上したばかりの人材を、そう容易く同じ場所には戻せない。

　それはわかるけれど。

『影響はびっくりするほどあったわ。仕事、物凄く減ったもの。アイドル声優らしい仕事はもちろん、アニメやゲームの仕事もね。未発表のものは、あっちからたくさん断られちゃった』

　意地っ張りな千佳でも、思わずこぼした弱音。

　とてもよく覚えている。

　心に深く突き刺さったからだ。

　自分はとんでもないことをしでかしたのではないか、という恐怖。

　千佳が自分と同じ位置にまで堕ちたことによる、黒い歓び。

　それがもしかしたら、拭われるのかもしれない。

前に進めるのかもしれない。

けれどもちろん、誤解しちゃいけないこともわかっている。

「あのときのことをファンから許されたー、なんて思うつもりはないけどさ。制作側からは、大目に見てもらえるようになったのかなって。そう考えると、やっぱ……、嬉しいじゃん」

欠けたものが戻ってくるのは、やはり嬉しい。

特に由美子は、ライブで歌ったり踊ったりという仕事も、好んでやっていたから余計にだ。

千佳はしばらく目をぱちぱちさせたあと、静かに前を向いた。

目を瞑って、ふ、と小さく笑う。

「そうね。わたしもちょっとだけ、嬉しかったわ」

「…………」

その穏やかな横顔を、まじまじと見つめてしまう。

返事がないことが気になったのか、千佳はぱちりと目を開けた。

至近距離で、お互いの目が合う。

すぐさま、千佳は眉をひそめた。

「……なに」

「……いや。お姉ちゃんが、やけに素直に言うから」

「先に素直になったのは、あなたのほうだと思うけれど？」

そうだろうか。

そうかもしれない。

こちらが素直に思いを吐き出せば、案外千佳は応えてくれる。

それは恥ずかしくて、照れくさくて。

なかなかできることじゃないけれど。

「…………………」

心の奥深くから、ひとつの考えがふっと浮かび上がった。

素直に訊いて答えてもらえるのなら、訊きたいことがある。

かつて夕暮夕陽は――、いや、渡辺千佳は。

『もううんざりなのよ、アイドル声優だなんて……』

アイドル声優を良しとしていなかった。

容姿を飾り、人前で歌って踊るなんて、声優の仕事じゃないと嘆いていた。

声だけの仕事に専念したい、と何度も口にするくらい。

あのあと、彼女は「ほんのちょっとだけ、アイドル声優が楽しいと思うこともある」と意識が変わったことを教えてくれたが、果たして今はどうだろうか。

あのときは、「ファンを騙している自覚があるから、やめたい」とも言っていたけれど。

それがなくなった、今なら。

その罪悪感から解放された、今なら。

――でも、訊けない。

もし、今でも「嫌々やってる」なんて言われたら。

やっぱりそれは、ショックだから。

なぜそれで自分がショックを受けるのか、わからないけれど。

「でも、佐藤」

由美子が黙り込んだからか、千佳が口を開いた。

肩を竦めながら、皮肉めいたことを言う。

「こういう仕事をやらせてもらえるようになったのはいいけれど。お客さんの前に出たら、わからないわよ。『引っ込め』なんて、ブーイングされるかも。抑止力の桜並木さんもいないし」

「そうなったらそうなったで、仕方ないいんじゃない。甘んじて受けるよ。まだまだ頑張らないとなー、って思うだけ」

「そうね。そう思っているのなら、いいわ」

千佳は穏やかに笑う。

そうだ。

たとえ、ファンや業界が忘れてくれても、自分たちはあのことを風化させてはいけない。

ファンに見せていた幻想を、自らの都合で壊してしまったこと。

それはずっと抱えていくと決めたのだから。

「ただ……、今、心配しなきゃいけないのは、外じゃなくて内かもしんないけどね」

由美子はぽつりと呟く。

ライブ自体は数ヶ月後の話だ。

しかし、身近で現実的な問題は、すぐそばまで迫っている。

千佳はそこに思うところがあるのか、物憂げな顔で顎に手をやった。

「佐藤。あなた、ほかのメインキャストと面識ってある？」

「ない。渡辺も？」

「わたしも。だから、まぁ。ちょっと不安で」

小さくため息を吐く。

千佳の不安はもっともだった。

本日、ほかのメインキャストとも顔を合わせる。

同じユニットの声優三人と会うことになるのだが……。

「一年目の完全な新人がふたりいるし……、やっぱり不安よね……」

ユニット内に、まるきりの新人がふたりいる。

もうひとりのメンバーは先輩だが、年齢は下、という状況だ。

新人や若手を起用したいプロジェクト側の意向はわかるが、ちょっと不安になる。

自分のデビュー当時を思い出すと、右も左もわからずに失敗ばかりだったからだ。

周りにもたくさん迷惑を掛けた。

今度は自分がフォローする必要があるかもしれないし、しかも、それがふたり。

果たしてその状態で、イベント、ライブ、レコーディング、といった様々な仕事をこなしていけるのか……。

それに加えて。

「渡辺、新人と接するのとか苦手そー」

素直に思ったことを伝えると、千佳は渋い顔をした。

人付き合いが苦手な彼女が、緊張している新人相手に上手く立ち回れるとは思えない。

千佳は軽く首を振ってから「出た出た。お得意のマウントが出たわ」と鼻を鳴らした。

「だからなに？　新人と上手く話すことは必修科目なの？　じゃあ義務教育に取り入れればいいのに。六時間目の道徳の時間では、新人との話し方を学びます～って。教育委員会に進言しなさいな」

「授業で習ってないから新人と話せません、って本当可哀想」

「ちょっと。憐れむのはやめなさいよ。せめていつものように煽りなさいよ」

「あたしがちょっとは教えてあげるから。一個一個覚えよっか。あたしが渡辺の教育委員会になってあげる」

「ちょっと！　それやめなさいよ！　やさしい目をしないで！　あなたのそういうところ、本当に嫌い！」

ぎゃあぎゃあと騒ぎ出す千佳を見ていると、不安はあるけれど。

そこまででもない。

「まぁ冗談はさておき」

「人の道徳をさておかないで」

「そんなに心配しなくても、何とかなるでしょ。あたしの隣には、夕暮夕陽がいるんだし」

こと声優に限って言えば、夕暮夕陽ほど頼りになる人間もいない。

千佳が隣にいるのであれば、どうとでもなると思えた。

今までそうしてきたのだから。

だから深刻には考えていなかったが、当の本人は目を丸くしている。

「なに、渡辺。変な顔して」

「いえ、あの。……わたしのことを頼りにしているのは伝わったけれど、あまりまっすぐに言われると、その」

「は？　……あ」

そこでようやく、失言に気付いた。

どうりで千佳が気まずそうにもじもじしているわけだ。

まっすぐに「あなたがいてくれるなら大丈夫」なんて言われれば、だれだって照れる。

言うまでもなく、そんな恥ずかしいことを口にするつもりはなかった。

口が滑っただけだ。

とはいえ、必死に否定するのも、それはそれで恥ずかしい。

なので。

「な、なぁに、お姉ちゃん。こんな言葉だけで照れちゃうの？　あ、あたしがちょっと頼りにしただけで、そ、そんな顔しなくても」

「……声が上擦ってるわよ。下手な照れ隠しはより恥ずかしくなるから。共感性羞恥ハラスメントはやめて頂戴」

「………………」

冷静な指摘に、頬がさらに赤くなる。そのまま黙り込んだ。

気まずい沈黙に包まれたまま、電車は駅に辿り着く。


『ティアラ☆スターズ』の打ち合わせは、制作会社の一室で行われる。

大手のゲームメーカーだけあって、巨大なビルが天高くそびえ立っていた。

声優業を始めてからこの手のビルに入ることは珍しくないが、それにしたって大人がいないと二の足を踏んでしまう。

「？　どうしたのよ、佐藤。ほら、行くわよ」

しかし、千佳は慣れているのか、ずんずんとエントランスに進んでいった。

こういうところは本当に頼りになる。

そんなことを考えつつ、ふたりで受付をした。そのまま会議室へ案内される。

扉を開いて、一番に目に入ったのは大きな窓だ。

窓一面に外の景色が広がっており、陽の光をいっぱいに取り入れている。

広くはない会議室だが、全くそう感じさせない。

会議テーブルには高そうな椅子が配置され、奥にモニターまである。

大人っぽい雰囲気に呑まれてしまう。

なんというか、雰囲気がオシャレというか、偉い人たちが使っていそう、というか……。

ちょっと気後れしていると、入り口近くに立つ女性がこちらに気付いた。

見知った顔が明るく挨拶してくれて、心がほぐれる。

「あ！　歌種さんに夕暮さん。お疲れ様です～」

ニッコニッコと満面の笑みを浮かべる女性。

彼女は、『ティアラ☆スターズ』プロジェクトのプロデューサーだ。

榊さん。

シャツに細身のパンツという飾らない格好だが、妙に綺麗で格好いい。

時計やピアスといった小物のセンスがよいからだろう。

素敵な容姿に加え、仕事にとても熱心だが、ちょっと変わり者のプロデューサーさんだ。

オーディションにも彼女は出席していた。

千佳とともに挨拶を返す。

すると、それに呼応するようにほかの人からも挨拶が飛んできた。

先に着席していた女性ふたりだ。

片方は、二十代中頃の女性。

落ち着いた容姿をしているが、彼女は所在なさげにそわそわとしている。

もう片方は、若い女の子。

おっとりとした見た目の子で、こちらはごく普通に座っている。

見覚えのない顔だから、例の一年目の新人ふたりだろう。

「あとは双葉さんだけね。もう少しで来るだろうから、ふたりも座って待っててくれる？」

榊が空いている席に手を向けた。

彼女に言われるがままに、千佳とともに席につく。

ふたりの新人の隣だ。

すると、すぐに大人っぽい女性が口を開いた。

「あの、はじめまして。習志野プロダクションから来ました、羽衣纏と申します。よろしくお願いします」

線が細く、どこか儚げな雰囲気を持つ女性だった。

薄手の白いトップスと、白のスリムパンツを穿いている。

メイクも薄く、全体的に色を感じさせない女性だ。

背が高くてスリムな体型なので、なんだかモデルさんのようだ。

習志野プロ、と聞いて、大野と森を思い出す。

あのふたりと同じ事務所なのは、ちょっと羨ましい。

「はじめまして～。御花飾莉です。ティーカップ所属です。よろしくお願いします～」

続いて声を上げたのは、やわらかい雰囲気の女の子。

白いブラウスにピンク色のプリーツスカート。

スカート丈は由美子と同じくらい短く、白い脚はハイソックスに包まれている。

ぽやぁっとした顔立ちだが、丁寧で技術のあるメイクで可愛らしく彩っていた。

目がくりくりしていて、大きい。

雰囲気と同じく髪もやわらかで、ふわっとした女の子だ。

「ブルークラウン所属の夕暮夕陽です。よろしくお願いします」

「チョコブラウニーの歌種やすみです。よろしくお願いしますー」

名乗ると、ふたりの目が少しだけ見開く。

今の由美子と千佳は、学校帰りそのままの格好だ。

メディアに映る声優の姿ではないので、驚かせたのかもしれない。

けれど、ふたりはそこには触れず、所在なさげに部屋の入り口に目を向けた。

この待ちの時間、何をしていればいいのかわからない。

そんな感情が見て取れる。

「ねぇねぇ。ふたりは一年目なんだって？」

由美子が明るく声を掛けると、隣にいた千佳が明らかにぎょっとした。

纏は戸惑ったように由美子を見つめ、飾莉は朗らかに笑う。

「そうなんですよぉ～。実は、これがデビュー作になる予定で。なので、今もすごく緊張してます」

「あ、デビュー作なんだ！　へぇー……、あ、敬語いいよ？　呼び方もやすみでいいし」

「え、本当～？　えへ、じゃあやすみちゃんって呼ばせてもらうね～。やすみちゃんって、もしかして学校帰り？　まだ十八歳なんだっけ。あ、あたしは十九なんだけど～」

「んーん、まだ十七。十月に十八。飾莉ちゃんって出身こっち？　それとも……」

飾莉ときゃっきゃと話していると、纏は気まずそうに「若い……」と呟いた。

後々知ったことだが、羽衣纏の年齢は二十五歳だそうだ。

その呟きは独り言だったようだが、由美子は纏にも声を掛ける。

「纏さんも、『ティアラ』がデビュー作？　出身ってこっちです？」

纏は驚いた顔をして、戸惑ったまま答えた。

「あ、あぁ、はい。わたしもこれがデビュー作です。出身は名古屋ですが、上京して……」

「えー、名古屋！　名古屋の話聞いてみたいなー。ね、せっかくいっしょに仕事するんだし、今度ご飯行こうよー。あ、纏さんも敬語いらないですよ」

ぽんぽんと話題を投げ掛けていく。

ふたりともいい人そうだし、仲良くしたいな～、といろいろ訊いていった。

すると、千佳がこちらにだけ聞こえる声でぼそりと呟く。

「先輩風吹かせちゃって、まあ」

その呆れたような物言いが気に入らず、千佳にぐっと顔を近付けた。

「なに。なんか文句あんの」

「べつに。先輩風がびゅうびゅう吹いてくるものだから、前髪の乱れが気になるだけよ」

「乱れが気になるほど頓着ないでしょ。それとも顔を見られるのが恥ずかしいわけ？　千佳ちゃんったら照れ屋さんでちゅもんね～、初対面だから上手く話せませんでちゅか～」

「……っ。出たわ。あなたのそういうところ、本当に嫌い。後輩に話しかけるだけであなたの国では優劣が決まるんだものね。おそろしい教育だわ。ぞっとする」

「こいつ……。あのね。デビュー作だっつってんだから、少しは緊張をほぐしてあげたいでしょうが。ていうか、あんたも普段、人に『芸歴五年目だ』ってない胸張ってるんだから、ここらで先輩っぽいことしたらどうなの？」

耳元で指摘すると、千佳はばつの悪そうな表情をした。

だれもが通ったデビュー作の緊張は、千佳にだって覚えがあるはずだ。

一理あると思ったのか、千佳はこちらの肩越しに後輩たちを窺う。

緊張した面持ちで、口を開きかけて──、閉じた。

しばらく口をぱくぱくしてから、こちらの肩に顔を隠す。

「こ、こういうのはあなたに任せるわ……。よく考えたらわたし、声優は三年目だし、あなたには張る胸もあるし」

「おっぱいの量は関係なくない？」

もとより期待していなかったが、こういうことはからっきしだ。

まぁ、後輩とにこやかに話す千佳も想像できないけれど。

何せ、あのフレンドリーの塊である高橋結衣とさえ、上手く交流できないくらいだ。

「……ふたりとも、本当にそんな関係なんだねえ」

その声に視線を戻すと、飾莉が驚いたような顔をしていた。

随分と不可解なことを言う。

「ん。飾莉ちゃん、どういうこと？」

「え、だって。あたしもコーコーセーラジオは知ってるよ～。ふたりとも、同じ高校、同じクラスなんでしょ～？　本当に仲良いんだな～って。いろいろあったとも聞くしね」

「…………」

千佳と顔を見合わせて、微妙な表情を浮かべてしまう。

番組の知名度が上がっているのは嬉しいが、後輩にまで知られているのはどうだろうか。

纏は知らなかったようで、「え、同じ高校なんですか……？」と目を丸くしていた。

「…………？」

纏に説明しようとしたが、飾莉の言葉に若干の引っかかりを覚えた。

しかし、理由がわかる前に頭の中で霧散する。

飾莉がさっさと話題を変えたからだ。

「そういえば、やすみちゃんと夕暮さんは、〝ミントちゃん〟とは面識あるの～？」

ある意味、その話題に行きつくのは必然かもしれない。

ユニットメンバーは五人。ここにいるのは四人。

まだ到着していない、最後のひとりがいる。

双葉ミント。

彼女の存在感はとても大きい。

「あたしは会ったことないね。今日が初めてだよ」

「わたしも」

由美子と千佳が答えると、飾莉が笑みを浮かべた。

「そうなんだ～。じゃあドキドキしない？　あたし、『らいおんハウスは夜に鳴く』とか、再放送で観てたし～。お願いすれば、サインとかくれるかなぁ？」

無邪気にはしゃぐ飾莉に、なんと答えるか迷った。

この業界に入ってから、有名人を前にときめきを覚えたことは何度もある。

憧れのプリティア声優である森香織や大野麻里など、初めて会ったときは感動した。

夕暮夕陽だって、会うまではドキドキしていた。

昔から名を知る声優が、ごく普通に目の前にいる状況に胸が躍ったことはある。

しかし、〝ミントちゃん〟は毛色が違う。

声優に抱く思いとは、また違うのだ。

そして、その当人の声が響いた。

「お疲れ様です！」

ハキハキとした声で部屋に入ってきて、榊にビッと綺麗なお辞儀をする少女。

来た。

由美子を含めた四人が、視線をそちらに向ける。

丁寧なお辞儀から顔を上げると、長い髪がさらりと揺れた。

何より目を惹くのは、その身体の小ささだ。

自分たちとは身体の作りが違う。

脚は細く、腕はより細く。全身の丸みが少ない。

ひらりと揺れるワンピースから膝小僧が見えて、すぐに隠れた。

髪は一本一本が細く、さらさらとして腰の後ろで揺れている。

彼女は腰に手を当てて、あぁ、と声を上げた。

「わたしが最後ですか？　みなさん、早いですねぇ。わたしもそれなりに、早めに来たつもりなんですが」

妙に落ち着いた声色、こなれた態度での登場だ。

それにどうしようもない違和感がある。

彼女の身長は、小柄な千佳よりも一回り以上小さい。

しかし、その背丈は妥当と言えた。

「双葉ミント、大吉芸能所属。よろしくお願いしますね」

双葉ミント。

十一歳の小学五年生。

芸歴——八年目。

四年目の由美子の倍の芸歴だ。

三歳のときにテレビドラマ『らいおんハウスは夜に鳴く』でデビューし、天才子役としてもてはやされた少女、それが双葉ミントだ。

同時期に『ぷうぷう山のぷう子ちゃん』で声優を務め、ここ数年では声優活動のみに注力しているようだった。

幼い顔立ちではあるが、その表情は大人びている。

小学生ながら顔はとても綺麗で、将来はきっと美人になる、と予感させた。

由美子の知る〝ミントちゃん〟よりもさらに成長していて、より大人っぽくなっている。

「お、大きくなったねー……」

纏が、思わず、といった具合に呟いた。

こちらにだけ聞こえる声でだ。

そして、飾莉は目をぱちくりとさせていた。

「ええと……、なんか、思ってた感じと違う……？」

こちらも、由美子たちに聞こえる程度の声量。

その感想も無理はない……、というより、ある意味とても新人っぽいものだ。

飾莉が困惑しているのは、メディアで見るミントと目の前のミント、それがぜんぜん違うからだろう。

『双葉ミントです！　みなさん、応援してくれてありがとうございます！　今日はですね、告知があるので、聞いてください！』

由美子の記憶にある双葉ミントは、礼儀正しくて、とってもいい子で、子供っぽい無邪気さもあって、だけどすぐに緊張してしまうような可愛げもある、そんな小学生だ。

けれど今のミントは、この場のだれよりも落ち着き払っている。

芸歴八年は伊達ではない。

そのギャップに戸惑うのは、わからないでもないが……。

「よくあることだから、そのうち慣れるよ」

「そ、そうなの……？」

小声で伝えると、飾莉はより困惑した表情になる。

千佳がため息まじりで言葉を付け足した。

「わたしとやすも、以前は猫をかぶっていたから。大なり小なり、そういうことをする人は多いですよ。……まぁ、子供であのレベルはなかなかいないと思いますが」

メディアに出す顔と別の顔があっても、大しておかしくはない。

歌種やすみと夕暮夕陽もその典型だったし、柚日咲めくるだって同じだ。

この手の仕事をしている人なら、だれだって表と裏の顔を使い分ける。

よくあることだから、今更、気に掛ける人もいない。

これが初仕事の飾莉や纏は、引っかかってしまったようだけれど。

「さぁさ。全員揃ったから、打ち合わせを始めるわね！」

プロデューサーの榊が楽しそうに手を叩きながら、向かいの席に腰掛ける。

ミントは千佳の隣に腰を下ろした。

由美子はそっと四人を窺う。

『ティアラ』はこれから、アニメのアフレコだけでなく、イベントやライブなど、様々な仕事をこの五人で進めていく。

まるきりの新人一年目がふたりと、芸歴は八年目でも小学生のミント。

それでも「何とかなるか」と思えるのは、隣に夕暮夕陽がいるからだ。


「プロジェクトがどう進行していくのか、スケジュールはどうなっているのか、それをここでみんなには伝えていくわね。あ、マネージャーさんたちにはスケジュールの調整含めて、既にお話は済んでいるけど、今日はみんなの顔合わせも込みだから。あしからず〜」

軽い調子で説明しながら、榊は資料を配っていく。

由美子、千佳、ミントはすぐにペンを取り出した。

遅れて、纏と飾莉も同じように動く。

「『ティアラ☆スターズ』はゲームアプリのリリースを始め、テレビアニメの放送、夏には二回のライブを予定しています！　そして、ラジオも。ゲームの収録やレコーディングも、すぐに始まるわね。その辺りのスケジュールはみんな、把握していると思うんだけど」

加賀崎は、既にスケジュールを調整していた。

「ライブは、七月と九月の二回公演。それで、このライブなんだけど――……、みんなは、この五人で出ると思ってるよね」

榊の言葉に、千佳が怪訝そうな顔をする。

由美子も首を傾げた。

一番に口を開いたのは飾莉だ。

「この五人じゃないんですか～？　アニメだと、ここにいるメンバーでユニットを組みますし、ゲームの初期ユニットも同じですよね？　ええと、確か〝オリオン〟でしたっけ」

飾莉の問いに、榊は頷く。

「ええ。アニメでは主人公たちのユニット〝オリオン〟結成を描き、後半でライバルユニットである〝アルフェッカ〟が登場し、ぶつかり合うのがメインストーリーです」

そこまではいい。

アニメのある程度の構成は資料にあったし、概ねの流れはわかっていた。

だからこそ、ライブはこの五人でやると思っていたけれど、そうではないと榊は言う。

主人公たちのユニット、〝オリオン〟だけでなく、別のユニットも参加するのだろうか。

「もしかして、〝アルフェッカ〟のメンバーも、ライブに参加するんですか？」

由美子が手を挙げて、質問を投げ掛ける。

もしそうなら、人数も多くなって派手になるし、先輩たちが参加するから心強い。

〝アルフェッカ〟のメンバーたちを、どの声優が演じるかは既に知っている。

期待を込めた質問だったが、榊は小さく首を振った。

「残念ながら、〝アルフェッカ〟ではないわ。でも、ほかのユニットが参加する、というのは、そのとおり！」

榊はおほん、とわざとらしい咳ばらいをする。

「ゲームアプリ版『ティアラ☆スターズ』では、たくさんのユニットが登場します。イベントやストーリーで、各アイドル同士が混じり合い、多種多様なユニットが出てくるわけだけど」

それも知らされている。

このゲームには、たくさんのアイドルが登場する。

新キャラだってこれから先、いっぱい追加されるに違いない。

特徴的なのは、新キャラに応じてユニットが増えていくわけではなく、既存のキャラからも様々なユニットが作られることだ。

たとえば、〝アルフェッカ〟のメンバーと〝オリオン〟のメンバーが第三のユニットを作ることもあるし、〝オリオン〟からデュオが抽出されることもある。

新キャラが登場すれば、既存キャラと新ユニットを組むこともあるそうだ。

多種多様なキャラがいくつもユニットを組み、新曲やストーリーを作っていくのが、この作品の特徴だ。

そして、世界観にも特色がある。

「この作品は、アイドルたちがユニット同士で対決――ライブバトルで勝敗を決める世界。その頂点に〝ティアラ〟の称号が送られる。だから現実のライブでも、ライブバトル、という形式を取るわ。実際に勝敗を決めるわけじゃないけれど、対決、という形でふたつのユニットが登場するの」

「………………」

それは想像できた。

だから先ほど、由美子は〝アルフェッカ〟のメンバーも出るんですか？　と質問したのだ。

榊は目をぎらりと光らせ、ぎゅっと手を握る。

「歌種さんの意見はニアミス！　ライブをするのは、〝オリオン〟と〝アルフェッカ〟ではなく……、〝ミラク〟と〝アルタイル〟！　ここにいる五人は、ふたつのユニットに分かれてもらいます！　ライブのレッスンやイベントも、基本的にはユニットごとに分かれて活動してもらうから、そのつもりで！」

えっ、と声が出そうになった。

由美子は素早く、手元の資料をめくっていく。

〝ミラク〟と〝アルタイル〟。

〝オリオン〟と〝アルフェッカ〟のメンバーをそれぞれ混成したユニット。

資料に書かれたメンバーを見て、由美子は目を見開いた。

〝ミラク〟……歌種やすみ、双葉ミント、御花飾莉、――――。

〝アルタイル〟……夕暮夕陽、羽衣纏、――――。

無意識のうちに、千佳と顔を見合わせていた。

〝オリオン〟では、千佳と同じユニットだった。だから、安心していた。

しかし、こうしてユニットは分かれ、活動やレッスンまでも離れ離れになる。

さらには、ライブではこのふたつのユニットが対立するらしい――。

「……………」

「……………」

予想外だ。

寄り掛かっていた壁が、急にふっと消えてしまったような不安感。

心配事があっても大丈夫。だって、夕暮夕陽がいっしょにいるから。

そんなふうに思える状況が、脆くも崩れてしまった。

「席替えで班が別れちゃった、仲良しコンビみたいですね……。高校生でも、そういうのってあるんですか？」

そんな声が飛んできて、はっとする。

ミントだ。

千佳の隣で、呆れたような表情をしている。

小学生にそんなことを言われ、途端に顔が熱くなった。

「そ、そういうのじゃないって。べつに、何の問題もないよ」

由美子が言葉を返しても、ミントはじろじろと無遠慮な視線を向けるばかり。

眉をひそめながら、そっと言葉を続けた。

「仕事なんですから、しゃんとしてください」

「うっす……、すんません……」

「すみません……」

千佳とともに肩を落とす。

先輩からお説教されてしまった……。小学生の先輩に……。

　というか、その先輩であるミントも心配の対象なのだが……。

　改めて資料を見るが、歌種やすみが属するユニット〝ミラク〟には、御花飾莉と双葉ミントの名前がある。

　千佳と纏とは別れてしまった。

「あ～、こっちのユニットでも、やすみちゃんといっしょだ。よろしくね～」

　飾莉はのんびりとした口調で、にぱっと笑う。かわいい。

　飾莉はとても接しやすく、この期間で仲良くなれそうなのは嬉しい。

　けれど、一年目の新人だ。

　ライブや声優の仕事は初めてだから、自分は先輩として彼女を引っ張っていかなくてはならない。

　そして、双葉ミントはいくら芸歴の長い先輩といえど、まだ小学五年生。

　それもあって、千佳とユニットが別れることに不安を覚えたのだが……。

　悪いことばかりでもなかった。

　コンコン、と扉がノックされる。

「どうぞ」と榊が声を掛けると、そこから『資料に書かれた人たち』が入ってくる。

「お疲れ様です！」

「お疲れ様です」

「お疲れ様でーす。……っと、あれ。もう打ち合わせ始まってます？　あたしら、さっき収録終わって、そのまま来たんですけど」

「あ、大丈夫。概要を説明していただけだし。内容も、既にあなたたちに話したものと同じ」

現れたのは、三人の声優だった。

榊と穏やかに話しているのは、背が高く、髪をラフにまとめた格好いい女性。

夜祭花火だ。

桜並木乙女の同期であり、以前はその件でいろいろと相談に乗ってもらった。

『夕陽とやすみのコーコーセーラジオ！　修学旅行編』では、ともに都内を回った声優だ。

そして、その隣で大人しくしている女性は、花火の同期であり、同じく修学旅行編でゲストにきてくれた声優。

柚日咲めぐるだ。

「……あっ！　……！　……！」

めぐるの後ろで千佳に一生懸命手を振っているのは、夕暮夕陽が大好きな後輩声優。

小柄な身体は全体的に日焼けしているが、セーラー服からちらちら見えるお腹は白い。

普段と同じく、猫の刺繍の入ったスカジャンを上から羽織っていた。

高橋結衣だ。

三人揃ってブルークラウン所属の声優である。

しかし、同じくブルークラウン所属の千佳は、フレンドリー全開の結衣にどう対応していいかわからないようで、視線をふらふらとさせていた。

「お姉ちゃん」

「…………」

肘で千佳をつついてやると、ようやく結衣と目を合わせた。

力なく、手を振り返す。

すると、結衣はパアッと笑顔を満開にして、さらに力強く手を振ってくる。

こんなことで喜んでくれるんだから、もっとかまってあげればいいのに。

そうこうしている間に、めくるたちは榊の隣に腰掛けた。

どうやら、めくるたちは先に説明を受けて、収録も進めていたようだ。

きっとスケジュールの都合だろう。

榊が話の進行へ戻り、鼻息荒く口を開いた。

「七月のライブはこの八人で行います！　ユニットは二組。『ティアラ☆スターズライブ〝ミラク〟VS〝アルタイル〟』という形で、ライブタイトルにも入れる予定です！」

改めて、ユニットメンバーを見やる。

〝ミラク〟……歌種やすみ、双葉ミント、御花飾莉、柚日咲めくる

〝アルタイル〟……夕暮夕陽、羽衣纏、夜祭花火、高橋結衣
千佳とは別れてしまったが、先輩声優が来てくれたのはありがたい。

〝ミラク〟には、頼りになるあの柚日咲めくるがいる。

〝アルタイル〟にだって、夜祭花火がいる。

そう考えると、不安はちょっとずつ消えていった。

「七月のライブはこれで進めていくけど、九月のライブは……、ってあれ？　わたし、資料忘れてきちゃったかな？　ごめーん、ちょっと取ってくるわね」

榊はきょろきょろと机を見回してから、慌ただしく部屋から出ていった。

打ち合わせが中断されて、空気が緩む。

すると。

「夕陽せんぱーい！」

結衣が立ち上がり、千佳の席にタターっと駆け寄ってくる。

そのまま勢いよく抱き着き、千佳が「ぐえっ」と潰れた声を上げた。

「夕陽先輩と高橋、今回同じユニットなんですよー！　高橋、すっごく嬉しいです！　仲良くしてくださいね、夕陽先輩！」

「……え、ええ……、そうね……、あの、近い。そして声がでかい」

千佳は苦言を呈しているが、結衣は聞かずに頬をぐりぐりしていた。

その可愛らしい後輩っぷりに、見ている側はほっこりする。

千佳はぐったりしているが。

なんというか、子犬のパワーに振り回される飼い主のようだ。

結衣たちから視線を外し、今度は向かいのふたりに目を向けた。

「めくるー。今日、帰りなにか食べてく？」

「あぁ、そうね。花火、なにが食べたい？」

「んー、めくるが食べたいものでいいよ。ちなみにあたしはパスタが食べたくて死にそう」

「じゃあ花火に免じて中華で」

「忖度って知ってる？」

「冗談だって。パスタね」

花火とめくるは相変わらず仲がいいようで、近い距離で囁き合っている。

ふたりの表情もとてもやわらかい。

挨拶をしておこう、と由美子も席を立った。

さっきの結衣が可愛かったので、彼女を参考にして。

「めくるせんぱーい！」

元気に声を上げながら、めくると花火の席に駆け寄った。

めくるはぎょっとした顔をし、花火は既に吹き出している。

「めくるちゃんめくるちゃんめくるちゃーん！　あたしとめくるちゃん、今回いっしょのユニットだからさー、仲良くしようねー。あ、花火さん。めくるちゃん、今回借りていきますね。ちゃんと洗って返すんで」

「う、うん……、好きに使ってよ……」

めくるに抱き着きながら花火に言うと、彼女は肩をぷるぷると震わせていた。

当然ながら、花火はめくるの事情を知っている。

めくるが声優オタクであり、歌種やすみが大好きであることも熟知している。

今のめくるは、推しに抱き着かれている状況。

さぞかし素敵な表情をしていると思いきや……。

「歌種。近いから。仲良くしたいのは伝わるけど、そういうのはやめて」

めくるはごくごく普通の調子で、手で遠ざけようとしてきた。

あれ、なんだこの反応。妙に普通だ。

普段のめくるだったら、もっと可愛く、おかしく、いい反応をしてくれるはずなのに。

「なあに、めくるちゃん。今日はどうしたの？　それだけ？　こんなに近いのに？」

「近いのはわかったから。いい加減、離れてって。暑いし」

ぎゅっと抱き着いても、そんな反応だ。

目を合わせず、適当にあしらってくる。

え、なに。どうしたの。

怒らせた？

いや、怒らせたという意味では、柚日咲めぐるは歌種やすみにずっと怒っている。

それを突き破って、素の藤井さんが出てくるのがめぐるだったはずだ。

面白くない。

とても面白くない。

「めくるちゃんがそういう態度なら、あたしも考えがあるよ。化けの皮を剝がしてやる。ちゅーしよう、ちゅー。情熱的なキスをしてやる。今から歌種やすみが藤井さんの唇を奪ってやるからな」

「何言ってんの、歌種……、ちょっと、いい加減に、いや、力強い……、ちょ、いや、ま、お、おい、だ、ダメでしょそれはぁぁぁぁぁー……！」

彼女の顔を固定し、強引にキスしようとすると、ようやくめくるらしい反応が返ってきた。

顔がぼん！　と爆発しそうなくらい真っ赤になる。

見る見るうちに涙目になった。

しかし、こちらの目から視線を外せず、あわあわあわと唇が震えた。

羞恥と恐怖と期待と、あとなんかいろいろ混ざった素敵な表情をしている。

……本当に、このままちゅーしてやろうかな。

「……いい加減にしろっ！」

そんな邪な考えが頭をよぎっている間に、割と真面目なビンタを喰らった。

いやビンタて。

マジのやつじゃん。

「女性声優が女性声優にビンタしないでよ……、びっくりするなぁ……」

ヒリヒリする頬を押さえながら、文句を言う。

めくるは荒い息を吐きながら、小声で猛抗議をしてきた。

「あんた、本当にいい加減にしなさいよ……！　そういうの本当にやめろ！　歌種やすみが、自分の唇をそんなに安く扱うな！」

「そっちで怒るの？」

自分が奪われるのはいいんかい。

このやりとりは花火のツボに入ったらしく、彼女は机に突っ伏してぷるぷるしていた。

しばらくその状態で笑っていたが、「あー、おかしい……」と目尻を拭きながら、ゆっくりと起き上がる。

「歌種ちゃん、ちょっといい？」

そう言って手招きされた。

従ってついていくと、部屋の隅まで誘導される。

そこで、花火にひそひそと囁かれた。

「あのね、歌種ちゃん。めくるにも一応、体裁があってさ。普段の歌種ちゃんとのやりとりは、他人に見られたくないのよ。特に後輩には。ほら、『親しみやすいと思われたくない』し」

「あー……、そういうことですか」

腑に落ちた。

柚日咲めくるは、声優が大好きだ。

大好きだからこそ、声優とは距離を取っている。

ビジネスライクな関係を徹底することで、声優・柚日咲めくるの顔を守っているのだ。

あのあわあわした姿を見られるのは、めくるとしては不都合らしい。

「だから、めくるとイチャイチャするのは、ふたりきりのときだけにしてくれる？」

「イチャイチャするのはいいんですか？」

「むしろしてあげて。言わなくてもわかるだろうけど、内心めっちゃ喜んでるから」

そう言われちゃあな。

イチャイチャするか。

めくるの相方に言われてしまったのだから、従うほかない。

話を終えて席に戻ると、めくるに不安そうな目を向けられてしまった。

知らんぷりしていると、めくるが花火に顔を寄せる。

「え、なに……、何の話をしてたの？」

「んー？　いや、めくるにとって有益なこと」

「絶対、嘘でしょ……」

花火とめくるはぼそぼそと話している。

花火に言われたとおり、めくるで遊ぶのはふたりきりのときだけにしよう。

「ごめんなさいー、お待たせー。さ、続きしましょう」

そうこうしているうちに、プロデューサーの榊が軽い足取りで戻ってきた。

彼女の手から資料が配られ、打ち合わせが再開する。


問題の発言は、突然やってきた。

ライブやイベントの内容、レコーディングやアフレコの予定……、時折質問を織り交ぜながらも、順調に打ち合わせは進んでいた。

だからこそ、その言葉がより際立って聞こえた。

突然、目の前に現れた障壁のように感じて。

「それと今回、各ユニットのリーダーを決めるわ。ライブやイベントでも、リーダーたちが進行するよう台本も調整します。レッスンでもある程度仕切ったり、ユニットの窓口になってもらえるとありがたいかな。あ、でも、そこまで負担を掛けるつもりはないから安心して？」

榊は今までと同じ、軽やかな口調でさらりと言う。

えっ、と顔を上げると、まさしく榊と目が合った。

「〝ミラク〟のリーダーは、海野レオン役の歌種やすみさん、〝アルタイル〟のリーダーは、和泉小鞠役の夕暮夕陽さん。お願いします」

まっすぐに目を見つめられたまま、そう告げられた。

ユニットのリーダー。

九月のライブではユニットが入れ替わるし、おそらく、今回限りのリーダーだ。

特別なことはやらされないと思うし、必要な役割でもある。

だれかがリーダー役になって仕切ったほうが、事がスムーズに進むのは間違いない。

間違いないけれど、気になることはあった。

しかし、それを尋ねたのは由美子でも千佳でもなく、別の人物だった。

「なぜ、おふたりがリーダーなんですか？」

ミントだ。

その質問に、榊は笑って答える。

「キャラクターの意味合いが強いね。レオンと小鞠は、作中でも何かと張り合うでしょ？　初めてのライブだし、リーダー同士が張り合うって構図は、お客さんにもわかりやすいから」

その答えで、由美子の「なぜ自分たちが？」という疑問が消えていく。

レオンと小鞠が張り合うシーンは多く、ゲームのイベントで〝ミラク〟と〝アルタイル〟でユニットが別れたときも、何かと喧嘩腰で言葉を交わすことが多い。

そうじゃなければ、リーダーとして相応しいのは、めくる・花火のペアだろう。

年齢、芸歴、性格から考えても、彼女たちに任せるのが間違いない。

つまり、本当にわかりやすさ重視の選出なわけだ。


「リーダー……」

千佳はぽつりと呟く。

不安そうな表情を浮かべているが、それも仕方ない。

ある意味、そういう役職から一番程遠い人種だ。

それとも、案外千佳も仕事ならリーダーシップを発揮できるのだろうか？

榊は笑いながら、明るく言葉を並べた。

「普段はそんなに特別なことはしなくていいの。ただ、まとめ役として、みんなを引っ張っていってほしいかな。リーダーを決めておけば、ほかの人もついていきやすいし、協力もしやすいでしょ？　もちろん、無理そうなら断ってもらってもいいけど」

「やります」

「やります」

そういう言い方をされれば、断るわけにはいかない。

これは「仕事」だ。

明確な理由がないのに、拒否していい話でもない。

きっといい経験にもなる。

「ユニットのほかのみんなも、リーダーに手を貸してあげてね」

榊が笑顔で声を掛ける。

幸い、ミント以外は深く頷いていて、不満そうな表情もない。

みんなも仕事として協力してくれるだろうし、過度な心配はしなくていいはずだ。

そこから先は特に変わった話もなく、順調に打ち合わせは進んだ。

「お話は以上です！　質問はありますか？　なければ、打ち合わせは終了でーす！」

榊は資料をまとめながら、元気よく締め括った。

特に質問はないようで、だれからも異論の声は上がらない。

「それでは、お疲れ様でした」と笑いかけたので、全員で同じ言葉を返す。

各々、資料を仕舞っていると、「むー」と唸るような声が聞こえた。

ミントだ。

彼女は面白くなさそうに唇を尖らせ、可愛らしく睨んでくる。

榊には聞こえない声量で、こう続けた。

「なぜ、あなた方がリーダーなんですかね。わたしが一番、芸歴長いのに」

そんなことを言うのだ。

細い指、小さな身体、高い声。

だれがどう見ても小学生にしか見えない彼女が、不機嫌そうな顔で。

会社の会議室に最も不釣り合いな少女が、そう言っている。

「さすがに小学生にリーダーは――」

千佳がさらっと言おうとしたので、頭をはたく。

ぎろりと睨んできたが、失言を止めたのだから感謝してほしい。

言いたいことはわかるが、本人に言うのはダメだろう。

「ミントちゃんも聞いてたでしょ？　キャラ的にあたしたちが都合いいだけであって、特に理由はないんだって」

由美子がきちんと答えても、ミントの表情は変わらない。

「ふーん。べつにわかってますけどね」と仏頂面だ。

そのうえ、こんな言葉まで付け加えた。

「べつにいいんですけど、わたしのほうが先輩なんですよ。べ、つ、に、いいんですけど」

「…………」

これは……、敬語を使ったほうがいいんだろうか……？

確かに彼女は十一歳とはいえ、かなりの先輩だが……。

しかし、その答えが出る前に、榊から声を掛けられた。

「あ、歌種さん、夕暮さん。ちょっと残ってもらっていーい？　伝えておきたい話があって」

「あ、はーい」

「わかりました」

返事をしていると、ミントは不機嫌そうに「お疲れ様です」と席を立った。

細い髪が揺れて、小さな肩の上を撫でていく。

榊には「お疲れ様でした！」と大きく頭を下げて、部屋を出ていった。

大丈夫かなぁ……、と不安に思いながらも、退出する彼女を見送る。

「さっさっさー。ごめんねー、残してしまって」

最後のひとりが出ていったあと、榊は扉を閉めてこちらに戻ってきた。

軽やかに向かいの席について、ふぅー、と息を吐く。

そして、まっすぐにこちらを見た。

「リーダーをお任せするふたりに、話しておきたいことがあってね」

笑みを浮かべ、前のめりに彼女は言う。

一応まとめ役ということだし、連絡事項か何かを伝えられるのだろう。

窓口をやってほしい、とも言っていたし。

それくらいの気持ちでいたのだが、榊の表情に何かを感じた。

目の奥に、妙な光があったのだ。やけに嬉しそうでもある。

その光の正体を探っていると、榊が言葉を紡ぎ出した。

「声優のライブ活動……。ふたりとも、何度か経験してるわよね。特に歌種さんは、『プラスチックガールズ』がデビュー作だし、この作品もよく馴染むんじゃないかと思ってるわ」

「あー、そうですね。あたしもそう思います」

羽衣纏や御花飾莉は、ある意味、過去の自分の姿とも言える。

デビュー作の『プラスチックガールズ』はアニメから始まり、ライブあり、イベントあり、ラジオあり、で様々な仕事に派生していった。

あのときの経験があるおかげで、ここにいられるのは間違いない。

榊はこくこくと頷き、千佳と由美子へ交互に視線を送る。

「わたしも何度か、こういった声優のライブに立ち会ったことがあるのね？　元々、音楽関係の仕事をしていた縁もあって。自社のゲームのライブや、大規模イベントのステージ、何度か間近で拝見しました。なんというか、特殊な文化だと思うのよね、声優ライブって」

「特殊……、ですか」

千佳が窺うような声を出した。

榊は「特殊よ」と笑ってから、少しだけ口調を早める。

「たとえば、『ティアラ』のような作品でライブを行った場合。お客さんは、アニメやゲーム中の曲がライブで流れるのを観に来るでしょ？　レオンや小鞠の歌を聴きにくる。だけど、その場にいるのは声優である歌種さんや夕暮さんであって、キャラクター本人ではない」

それはそうだ。

だから、キャラクターを現実のライブに登壇させることはできない。

キャラクターの代わりに声優が歌やダンスをするわけだが……。

それが、どうしたのだろうか。

榊はさらに前かがみになると、声に熱を込めた。

「ここで重要なのが、お客さんの目線。不思議なもので、お客さんは声優の後ろにいるキャラクターを見ながら、同時に、声優も観ている。キャラと声優を重ね、そのどちらにも強い感情を抱く。キャラクターだけではなく、声優だけでもなく、ふたりを重ねて観ている。だからこそ、熱は何倍にも膨れ上がる。わたしはそう思うの」

「少し、わかります」

驚くことに、千佳が同意を示した。

頷いている。

由美子自身にはあまり覚えはないが、そういう感情を抱くことは知っている。

かつて由美子も、『プラスチックガールズ』のマリーゴールドを背負って、ライブに参加していた声優だ。

観客の熱を帯びた視線は、間違いなく歌種やすみの奥のマリーゴールドを観ていて、同時に、歌種やすみも観ていた。

どちらか片方では、あれほどの熱を引き出すことはできない。

自身の経験と照らし合わせていると、榊は力強い声で続けた。

「作品と声優がぴったり重なったときの興奮、熱を、わたしは知っています。そして、この『ティアラ☆スターズ』でも、その熱を引き出したい。そのために、ふたりの力が必要なの」

「ええと……。もちろん、一生懸命頑張りますけど……？」

未だに何が言いたいのかわからず、そんな言葉が出てしまう。

しかし、榊は「そうじゃないんです」とかぶりを振った。

「言ってしまえば、これは偶然。あなたたちのユニットが別れたのも、あなたたちがライバル同士のキャラクターに合格したのも、そこに意図はない。しかし！　得てしてこういう作品は、不思議な偶然が続くものです」

ひとつ意図が介入したとすれば、と榊は続ける。

「あなたたちをリーダーにした、わたしの意図。――わたしは去年から、ふたりに注目していたわ。『夕陽とやすみのコーコーセーラジオ！』があったから」

「────」

ずっと要領を得なかった榊の話が、急に腑に落ちた。

そういうことか、と理解する。

見たわけじゃないのに、隣の千佳がこちらを気にするのがわかった。

榊は、熱っぽく続ける。

「コアな声優ファンなら、あなたたちふたりの関係もきっと知ってるわ。あまりこの話はしたくないけど、裏営業疑惑の件から始まり、ふたりの活動休止を賭けての騒動、そして『やすみのお手紙』や修学旅行編で言葉にされた、『相手をどう思っているか』について。あなたたちふたりの関係は、普通の声優とは違う！　と一部のファンは知ってるの！」

「…………」

いや、ラジオ聴きすぎだろ。

空気を読まず、思わずそんな言葉が飛び出しそうになった。

いやだって……、めちゃくちゃ詳しいから……。

勘弁してほしいんだけど……。

ラジオに人気が出ると、同じ業界の人から「ラジオ聴いてるよ」と言われることがある……、という話は聞いたことがあった。

けれど、ここまでガッツリ聴き込んでいる人は想定外だ……。

しかも、聴き込んだ情報をきちんと並べたうえに、「あなたたちはライバル関係にあるんでしょう?」と指摘するなんて、ひどすぎる。

隣で千佳が、気まずそうにしているのがわかる。

しかし、合点がいった。

なぜ、歌種やすみと夕暮夕陽をリーダーにしたのか。

「『ティアラ』の世界では、ライブバトルという形でユニット同士が勝負をする。このライブでも、そのような演出をするわ。もちろん本当に勝敗を決めるわけではないけれど――、あなたたちふたりには、本当の勝負のように挑んでほしい。わたしはそう、願ってしまいます」

願う。

強制はしない、ということなんだろう。

その言葉を後押しするように、彼女は続ける。

「レオンや小鞠がそうするように、あなたたちふたりが……。ライバルとして競い、高め合い、負けたくない思いをリーダーとして、チームとしてぶつけ合ってくれるのならば――、そこには、信じられないほどの熱が生まれる。これは、絶対」

いつの間にか、榊の瞳には隠し切れないほどの光があった。

ぎゅっと握られた両手、声に宿る炎のような熱、瞳から漏れる輝き。

興奮した口調は、客席のファンの姿を思い起こさせた。

そこで気が付く。
彼女は、歌種やすみと夕暮夕陽に期待している。
『ティアラ』の世界のように、本当に千佳と由美子がぶつかり合えば。
キャラクターと声優をぴったり合わせ、二人分の思いを重ねれば。
そこには正真正銘、本物の熱が宿るはずだ。
その熱を見て、観客はさらに熱を膨らませる。熱狂する。
会場全体に渦巻く大きな大きな熱を、きっと榊は見たいのだ。

榊の話は終わり、解散となった。
会議室の前で、なんとなく立ち尽くす。
途中から照れくさくて見られなかった、千佳の姿を見下ろした。
見慣れた長い前髪、鋭い目つき、だけど綺麗な顔立ち。
彼女は黙ってこちらの様子を窺っている。
「ううん……、なんだか、予想外なことになっちゃったな……」
なんと言っていいかわからず、とりあえずそんな言葉を呟いた。
連絡事項かと思いきや、斜め上の話をされてしまった。

まだちゃんと、飲み込めていない。

どう動いていくべきなんだろうか、と考えていると、千佳はぽつりと呟いた。

「わたしは、はっとしたわ」

「はっとした？」

彼女は目を瞑って、淡々と言葉を並べる。

「ライブバトルというのは、あくまで演出。制作側がどれだけお客さんを煽っても、今回のライブでわたしたちが本気で競うとは思わない」

「まぁ……、そうね」

あくまで、ライバル同士がぶつかり合うという構図が、キャラと声優に重なって、熱狂を生む。そういう話だ。

榊は本当の勝負のように挑んでほしい、とは言っていたが。

しかし、千佳の言い分はよくわからない。

怪訝な顔で千佳を見ていると、彼女はそこで目を開いた。

こちらをまっすぐに見つめてくる。

「わたしがリーダーで、あなたもリーダー。そして、ユニット同士でライブを行う。『ティアラ』の世界では、〝どちらがよりライブを盛り上げたか〟で勝敗が決まるわ。その世界をなぞるというのなら――、わたしは、あなたのユニットには、負けたくない」

「――――」

パチリ、と火がついた気がした。

榊の言わんとしていることはわかるが、どうするべきかはわからない。

そんな考えが、嘘のように消えていく。

実に単純で、わかりやすい彼女の思いの前には。

「どんな形であれ、なんであれ、あなたと勝負するような舞台が整えられた。明確に勝敗はつかないでしょう。だからこれは、あくまでわたしの心の裁量次第。――でも、それさえも。あなたには負けたくない。絶対に」

淡々とした口調に、熱がともり始める。

彼女の鋭い目つきに、強い意志が感じられた。

「どちらがライブをより盛り上げられるか。勝負しましょう、歌種やすみ」

千佳はこちらを見上げて、指を突き立ててきた。

――あぁそうだ。

なぜ、こんなことを忘れていたのか。

本当に本当に、単純な話だ。

歌種やすみは、夕暮夕陽に負けたくない。

そんな単純なことでしかないはずなんだ。

そして、それが何よりも重要なんだ。

心の中の炎に、どんどん薪がくべられていく。

ライブが盛り上がるから、お客さんが関係性に注目するから。

もちろんそれは大事なことだけれど――、何よりも大事なものが自分たちにはあった。

こいつにだけは負けたくない。

その思いを抱えて、ぶつかり合うだけでいいんだ。

「――受けて立つよ、夕暮夕陽。あんたには負けない」

由美子は挑発的な表情を返し、彼女に指を突き立てる。

不敵な笑みを浮かべて、お互いに目を合わせた。

決して睨み合っているわけではないのに、火花がバチバチと散りそうだった。

「あたしには、場数がある。『プラスチックガールズ』から……、アイドル声優から、あたしは始まってる。それに、ユニットのリーダーもそこまで負担じゃない。だけど、コミュ力が枯渇してるあんたに、リーダーが務まるかな」

「言ってなさい。どんなやり方であろうとも、あなたを超えるわ。あなたの得意なフィールドで叩き潰してやろうじゃない」

「かかってきなよ。あんたには……、あんたにだけは、絶対に負けないから」

お互いの言葉は、火傷してしまいそうなくらいに熱い。

そのうえ、いくらでも溢(あふ)れてきそうだ。

そして、それは気持ちもいっしょで。

負けたくない、という想(おも)いがどんどん強くなる。

タイミングを合わせたわけじゃないのに、ふん、と同時に顔を逸(そ)らした。

そのまま、ふたりして歩き出す。

「…………………」

「…………………」

……ここでお互(たが)い、逆方向に歩き出せれば締(し)まるのだが。

会社から出る必要があるので、同じ方向に歩くしかない。

あんなにふたりして格好つけたのに、並んだまま廊下(ろうか)を歩く。

「……渡辺(わたなべ)、このまま駅？」

「えぇ……。今からコーコーセーラジオがあるし……。あなたもでしょう？」

「うん……」

だから、今からスタジオまでずっといっしょだ……。

もう少しタイミングを考えればよかった……。

「……あの、佐藤(さとう)。今期の『銀翼(ぎんよく)に穿(うが)つ』っていうアニメがなかなかに渋(しぶ)いロボットアニメなんだけど、あなた観(み)てる……？」

「いや、いいよ、無理に話題作らなくても……。あんたが話振りたくなるほど気まずいのはわかるけどさ……」

なんとも微妙な空気のまま、ふたりして電車に乗り込むのだった。

「『ティアラ☆スターズ☆レディオー！』」

「えー、みなさんこんばんは。第2回『ティアラ☆スターズ☆レディオ』が始まりました！　今回パーソナリティを務める、海野レオン役、歌種やすみでーす」

「こんばんは！　同じくパーソナリティを務める、滝沢みみ役、双葉ミントです！」

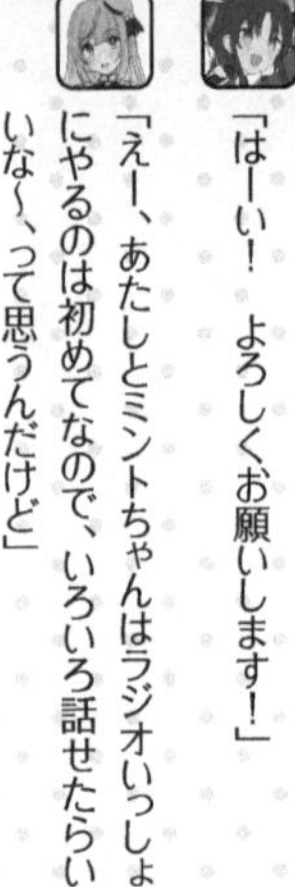

「今回はこのふたりで進めていきたいと思いまーす」

「はーい！　よろしくお願いします！」

「えー、あたしとミントちゃんはラジオいっしょにやるのは初めてなので、いろいろ話せたらいいな～、って思うんだけど」

「はい！　いろいろお話ししたいです！　やすみちゃんは高校生なんですよね？　最近の声優さんは若い人も多いですけど、現役高校生はかなり若いですよね！」

「いやどの口が言ってんだ。ミントちゃんなんて小学生じゃん。若いどころじゃないよ。でも、実はミントちゃん、あたしよりかなり先輩なんだよね」

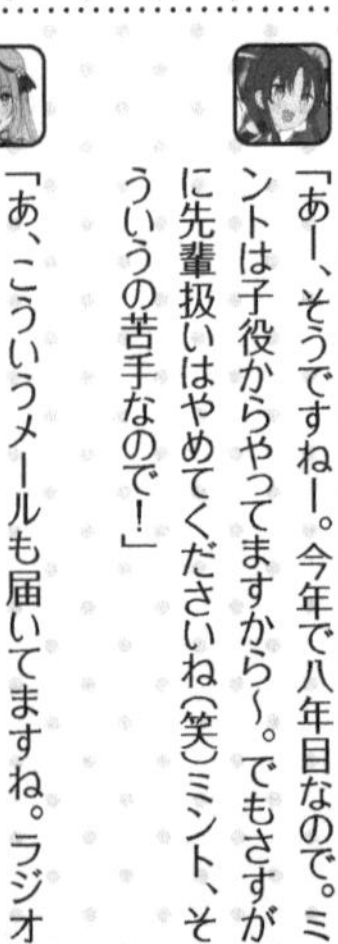

「あー、そうですねー。今年で八年目なので。ミントは子役からやってますから～。でもさすがに先輩扱いはやめてくださいね(笑)ミント、そういうの苦手なので！」

「あ、こういうメールも届いてますね。ラジオネーム、〝ホワイエ・ルルイエ・オーイエー〟さん。『やすやす、ミントちゃん、こんばんはー！』。はい、こんばんはー」

「こんばんは！」

ティアラ☆スターズ☆レディオ！

「『今回ラジオに出演される双葉ミントさん！　僕は恥ずかしながらミントちゃんのことはお名前と声しか知らなかったのですが、調べてみてびっくりしました！　まだ小学生だったんですね！』」

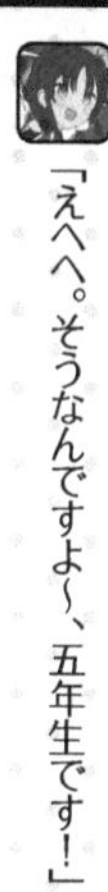

「えへへ。そうなんですよ～、五年生です！」

「『ミントちゃんは七月のライブがライブ初参加！　ということらしいので、頑張ってください！　大丈夫です、周りのお姉さんは頼りになる人ばかりですから！』……とのことです」

「あ、そうですね～！　本当に頼りになるお姉さんばかりで！　ライブは初めてなんですけど、不安なんてぜんぜんなくて！　みなさん、すっごくやさしいんですよ～！」

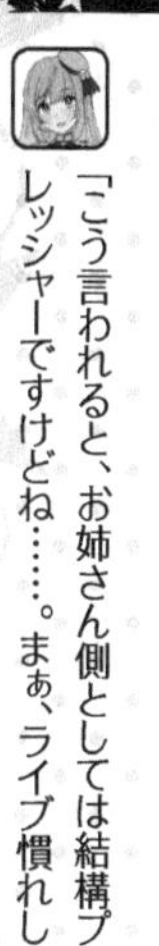

「こう言われると、お姉さん側としては結構プレッシャーですけどね……。まぁ、ライブ慣れしてる人もいっぱいいるし、いろいろ頼れるところは――」

to be continued……

オッケーでーす、と声が掛かり、由美子はイヤホンを外した。

前回に引き続き、今回も『ティアラ☆スターズ☆レディオ』のパーソナリティを務めた。

前回は向かいの席にめくるがいたが、今回は別の少女が座っている。

さっきまで礼儀正しく、時に可愛らしく、無邪気にマイクの前でコロコロと表情を変えていた女の子。

双葉ミント。

〝ミントちゃん〟だ。

今日は派手な柄のTシャツとミニスカートという格好で、細い腕や脚が見えている。

今は仏頂面で、水筒を手に取っていた。

小さな喉をこくこくと鳴らしてから、彼女は口を開く。

「歌種さん。もう少し、自分の話もしたらどうですか。わたしにばっかり話を振らなくても。もっと自分が得になる話をしてください」

「え？　あぁ……、そういうつもりはないんだけど。単に話しやすいから、興が乗っちゃった、というか。べつにミントちゃんに気を遣ったわけじゃないよ？」

「だとしても、です。自分の話は自分でします。歌種さんから振ってもらわなくても」

「あぁそう……？」

施しを受けたみたいで気分が悪い、ということだろうか。

何とも気難しい子だ。

しかし、言うだけあって、ミントとのラジオはやりやすかった。

めくるのようにコンスタントにポイントを稼ぐわけではないが、安定しているというか。

十一歳でこれだけしゃべりができるのは大したものだ。

ごくごく自然に、番組を進めることができた。

「…………？」

しかし、心の中にじわりと違和感が生まれる。

なんだろう。

問題なくラジオを終えられたし、これといって失敗もなかった。

前回はめくるのおかげで愉快で面白いラジオができて、今回も上手くいった。

どちらも成功と言える。

しかし、なんだろう、この違和感は。

「お疲れ様でした」

ミントが席を立って、さっさとブースから出ていく。

考え事をしている場合ではなかった。

由美子もスタッフに挨拶してから、ミントの背中を追う。

彼女の身長は低く、身体は細く、背中も小さい。

あぁ大人ぶっていてもやっぱり小学生だよな――、と思いながら、ミントの肩を叩いた。

「ミントちゃん。このあと、どこか行かない？　甘い物でも食べに行こうよ」

お誘いを掛ける。

癖のある人物だけれど、仲良くなりたいと思ったからだ。

これからいくつも現場をともにする仲間なのだし、仲良く楽しくやっていきたい。

「え、わたしと？」

振り向いたミントは目を真ん丸にして、自分の小さな顔を指す。

そのきょとんとした顔は可愛らしい。

しかしすぐに、呆れるような目に変わった。

「あぁ……。リーダーだから、ですか？　セキニン感、とか？　いいですよ、そういうのは。面倒くさいのはなしにしましょう」

「あー、いや。リーダーとか関係なしに、話してみたかっただけなんだけど。あんまりミントちゃんのこと知らないし。話とか聞きたいなって」

何やら嫌味っぽいことを言われてしまったが、かわいいものだ。

普段、人の神経を逆撫でする達人のような奴から、雨あられと嫌味を浴びているから。

すると、ミントは照れたように視線を彷徨わせた。

「ふ、ふうん。か、変わった人ですね、歌種さんは。ま、まぁ？　ちょっとだけなら付き合ってあげなくもないですよ。わたしは先輩ですからね。先輩なので」

「あ、そう？　じゃあ、本当になんか食べに行く？　ミントちゃん、甘い物好き？」

尋ねると、ミントはむっとした表情になる。

面白くなさそうにそっぽを向いた。

「その言い方、好きじゃありません。子供扱いされているみたいでやです。甘い物をあげておけば間違いないだろう、と思ってませんか。そういうアンチョクな考え、どうかと思います」

まぁそういう気持ちがないか、と言われれば嘘になるが。

それより。

「いや……、あたしが食べたい……。もうちょっとしたら……、ライブに向けてダイエットしなきゃだし……、食べ納めというか……」

遠い目をしてしまう。

たくさんの人の前で、キャラクターを背負ってライブに参加するのだ。

より良い状態で、お客さんの前に立ちたい。

ライブ前はダイエット、というのは、まぁ声優あるあると言える。

「そ、そういうものですか……？」とミントは自分の身体を見下ろした。

「わたしも、そういうのやったほうがいいですかね……？」

「いやあ。ミントちゃんは成長期なんだし、ダイエットはダメでしょ。太らない程度にたくさん食べたほうがよいよ」

かつてはいくら食べても、縦に伸びるばかりだった……。

今は食べた分、そのまま横に増えてしまう。

だから後々、高カロリーなものは我慢しなければならない。

「えー、パンケーキとかクレープとか？　ケーキもいいな。リクエスト言ってくれれば、だいたい行けると思うけど」

指折り数えながら候補を挙げると、ミントの目がぱっと輝いた。

子供らしい表情でこちらを見上げている。

しかし、それがすぐに曇ってしまった。自身のお腹を撫で始める。

「でも、今食べたら……、夜ご飯食べられなくなっちゃうから……」

「あ、そっか……、ごめん……」

子供の胃袋であることを失念していた。

おやつのせいで晩ご飯を食べられなくなるのは、確かにダメだ。

「それに、収録終わったらすぐ帰ってきなさい、って、お母ちゃ……、母に言われてるし……、お店は……、ちょっと……」

「んー、そっか。まぁそうだよねぇ……。おっけ、わかった。今度にしよっか」

いくら芸歴が長いといえど、彼女が小学生であることには変わりない。

そこはきちんと覚えておかないと。

しかしミントは、何か言いたげに「あ……」と声を上げた。

真ん丸の瞳がこちらを見上げる。

「？　どったの、ミントちゃん」

問いかけると、彼女は慌てて表情を戻した。

「ま、まぁ時間はないですけど！　ちょーっと自販機で飲み物を飲むくらいなら、付き合ってあげますよ！　歌種さんは、わたしとお話ししたいみたいですから！」

ミントは胸を張って言う。

思わず笑いながら、「じゃあちょっとだけ」と彼女の言葉に応じた。

「ミントちゃん、なに飲む？」

財布から五百円玉を取り出しながら、自販機を指差す。

「…………」

するとなぜか、ミントは唇を尖らせた。

ぐいぐい、とこちらの身体を押しやってくる。

「いいですっ。わたしのほうが先輩なんですから、わたしが奢ります。何がいいですか？」

「えぇー……、お、奢ってくれるのー……？　え、えぇー……」

めくるやほかの先輩ならともかく、小学生にお金を出させるのは罪悪感がすごい。

いや、これは背徳感かもしれない。

しかし、先輩ぶりたいミントを無理やり押し退けるのもどうだろうか。

何かで返す方法を考えつつ、今回は彼女の言葉に従った。

「うっす。じゃあミント先輩、コーヒーお願いします。ご馳走様っす」

「はい。いいですよ。任せてください」

得意げにふふん、と胸を叩いてから、ミントは小銭を投入した。

そして、指をうろうろさせる。

「歌種さん、これでいいですか？」

「あ、ブラックがいい」

ミントが激甘のミルクコーヒーを押そうとしたので、ブラックコーヒーに誘導する。

すると、ミントが「おお……」と声を上げた。

そのまま彼女も、同じものを購入する。

「え、ミント先輩、ブラック飲めるの？」

「まあ。わたしもコーヒーくらいはたしなみ……、たしなみ……、たしゅな？　……飲みますよ」

言いつつ、プルタブを開ける。

なんとなく予想はついていたが、彼女は口を付けた途端、とても渋い顔をした。

びっくりして缶を見つめている。

「にっ……、は、はぁ……？　けほっ、こ、こんなに苦いの……？　け、けほけほ、ごほん」

どうにかごまかそうとしているが、その咳ばらいが何とも痛々しい……。

「……う、歌種さんは、これがおいしいんですか……？」

「あー……、まぁ……。普通にコーヒー好きだし……。缶コーヒーは缶コーヒーの良さがあるっていうか……。割と好きだけど……」

「ほ、ほーん……。わ、わかりますよ。普通の、ど、どろっぷ？　コーヒー、とは、また違った良さがありますよね……、わかりますよ……」

うえー、と言った顔をしつつも、ちびちびと飲んでいる。

自分が違う飲み物を持っていたら交換できたが、同じだからそうもいかない。

苦そうにしているのを見て見ぬふりをして、缶に口を付ける。

そこでぽつりと、ミントが口を開いた。

「歌種さん。ライブ、上手くいきますかね」

「いくよ。もちろん」

「本当にそう思ってます？」

こちらを見上げる動きで、彼女の細い髪がさらさらと揺れる。

ミントが何を言いたいかはわかるけれど、それには気付かないふりをする。

前を向いたまま、缶を傾けた。

「大丈夫だよ。そんなに心配しなくても。あたしとミントちゃんは、必死にレッスンをする。それだけの話だと思うけどね」

「歌種さんは、リーダーとして甘いと思います」

ミントがリーダーだったら、どういった行動を取るか。

それは簡単に想像できるが、とても正しいとは思えない。

けれど、ミントが不安になる気持ちもわかる。

その原因は、初めてのレッスンでの出来事だった。


ライブでは当然、歌って踊る。

歌に関しては、レコーディングなどでしっかり歌い込んだものを披露できる。

しかし、振り付けはライブのために一から覚えなければならない。

そのために、レッスンを行う。

レッスンルームは制作会社がレンタルしてくれたので、今日はそこに向かっていた。

〝ミラク〟の四人でのレッスンである。

清潔感のある綺麗なビルに入り、エレベーターを経由して、広い廊下に出る。

「お」

すると、廊下に見慣れた背中が見えた。

めくるだ。

髪をぴょこぴょこ揺らしながら歩く姿は愛らしく、いたずら心がむくむくと湧く。

打ち合わせでは大変に消化不良だったから、今回はリベンジだ。

にまにましながら後ろから近付いたが、バッと振り向かれてしまった。

「あ」

「歌種……。あんた、また何かやろうとしたでしょ……」

失敗だ。ぎろりと睨まれてしまう。

彼女は勝ち誇ったようにハンッと鼻を鳴らし、こんな言葉を付け加えた。

「いい加減、あんたのワンパターンないたずらも飽き飽きだわ。これに懲りたら……」

——しかしこのとき、めくるは隙だらけだった。

不意打ちは失敗したが、ならば二の太刀を振るえばいい。

勝ちを確信した彼女に、反撃を仕掛ける。

「後ろがダメなら前からだ」

普通に前から彼女を抱き締めた。

小さい背中に手を回し、ぎゅうっと身体を寄せる。

めくるちゃんやわらかーい、なんて言おうとしたのだが――。

「びゃ――――――――――――――――――――ッ！」

けたたましいサイレンが鳴ってしまった。

慌てて離れる。

まさかこんなストレートに悲鳴を上げられるとは思わなかった……、いやこれ悲鳴か？

彼女の叫び声は、瞬く間に廊下を駆け抜けていく。

焦って周りに視線を巡らせたが、部屋からだれかが出てくる様子はない。

レッスンルームの多くは防音で、中までは聞こえなかったのかもしれない。

よかった……、と視線をめくるに戻すと、彼女はその場に崩れ落ちていた。

全く動かない。

心配になるくらい、動かない。

「め、めくるちゃん、大丈夫？　動ける？　死んだ？」

「……うん」

「死んだの？」

「死んだ……」

不安な言葉だけが返ってくる……。

顔を伏せたままの姿勢で固まっているので、慌ててしまう。

「あの、めくるちゃん、大丈夫？　ご、ごめんね？　ごめん」

「だいじょうぶ……」

めくるはよろよろと立ち上がって、ふらふらした足取りで更衣室に向かう。

彼女の正気を奪ってしまった……。

めくるで遊ぶにしても、ちゃんと節度を持って遊ぼう……。


更衣室でジャージに着替える。

めくるもその頃には意識が戻っていて、ふたりで指定された部屋に向かった。

扉を開くと、そこにはレッスンルームらしい空間が広がっている。

壁が一面鏡張りになっていて、こちらの動きを余すことなく映す。

既にミントと飾莉がその場にいて、ふたりとも柔軟体操を行っていた。

ミントは学校の体操服、飾莉はシンプルなジャージ姿だ。

挨拶を交わして、由美子たちも柔軟体操に加わった。

「おはようございまーす。お、みんな揃ってるねー。今日からよろしくねー」

そうこうしているうちに時間になり、トレーナーが部屋に入ってきた。

スポーツウェアに身を包んだ、若い女性だ。

軽い自己紹介をしたあと、早速彼女は話を進める。

「初めての人もいるから、簡単に説明していくね。えー、まずは振り付けを完璧にマスターしてもらいます。歌いながらやるのは、そのあと。ダンスだけやるのと、歌いながらダンスするのでは、もう完全に別物だからね。まずは振り付けをしっかりやっていきましょう」

その言葉に、全員で「はい」と答える。

トレーナーはこくりと頷いた。

「全体練習の予定もあるし、まずは集合曲からやっていきましょう。最初は——」

曲名を言いながら、トレーナーが準備を始める。

今回のライブでは一曲を除き、ソロで歌う曲はない。

ユニットで歌う曲と、全員で歌う集合曲のみ。

レッスンはユニット別で行うが、集合曲の練習は何度か合同でやる予定だ。

その全体練習までに、集合曲はある程度仕上げなければならない。

全員が揃う日数は限られているからだ。

そしてある意味、全体練習は中間発表の場と言える。

別々で練習していたユニット二組が、どこまでやってきたか見せつけることになる。

あっちのユニットに負けるわけにはいかない。

こっそり気合を入れていると、飾莉が不安そうな声を上げた。

「うあ〜、緊張するなぁ。あたし、上手くできるかな〜、不安だよ〜」

この作品がデビュー作の飾莉は、勝手も何もわからない。不安になるのも無理はない。

フォローを入れようとしたが、先にミントが口を開いた。

胸を張って、ふふんと笑う。

「大丈夫ですよ、御花さん。失敗しても、わたしたちが助けてあげますからね」

「うん？　でもミントちゃん、こういうライブとかは初めてじゃないの〜？」

返ってきた言葉に、ミントは渋い顔をする。

何も言えなくなっていたので、今度こそ由美子が口を開いた。

「不安があれば言ってくれればいいよ。芸歴長い人も、ライブ経験者もいるから。みんなフォローしてくれるって。もちろんあたしも」

「そ、そう、それが言いたかったんです。歌種さんと同じ気持ちです」

ミントが言葉を重ねると、飾莉が「はえ〜」と声を上げた。

そこでトレーナーの準備が整い、初めてのレッスンが始まる――。


「はい。じゃあ、ちょっと休憩しましょうか」

トレーナーがパンパンと手を叩くと、レッスンルームの空気が一気に緩む。

由美子も大きく息を吐いた。

熱い空気が肺から出ていっても、身体の火照りはなかなか引かない。

膝に手をつき、汗を拭った。

「あー……、しんど……。いかんなぁ……、体力落ちてる……」

息も絶え絶えに、独り言を呟く。

久しぶりのレッスンは思ったよりも堪えた。以前ほどの体力がない。

もっと調子を整えていかないと。

しかし、由美子はまだ保っているほうで、ほかの人たちはさらにぐったりしていた。

めくるは黙って水を飲んでいるが発汗が多く、ミントは床に大の字になっている。

「うえー……、しんどい～……」

飾莉は座り込んで、タオルで汗を拭っていた。

彼女が飲み物を取りに行ったので、追いかけて声を掛ける。

「飾莉ちゃん、ダンス上手いねぇ。なんかやってたの？」

「んー？　特にはやってないよ？　でも上手いって言われるのは嬉しいな～」

ゆるーっと笑いながら、水をごくごく飲み始める。

別に世辞でも何でもなく、本当に飾莉は上手かった。

その証拠に、トレーナーが声を張り上げる。

「御花さん、すごくいい感じだよ！　初めてとは思えないくらい！　このまま頑張ってね！」

「へへ～。ありがとうございます～」

照れくさそうに笑っている。

トレーナーが言うとおり、初めてとは思えない動きとキレだった。

おっとりした見た目と性格だが、かなり運動神経やセンスがあるらしい。

何なら、経験者の由美子よりも上手かったくらいだ。

逆に。

「ミントちゃん、大丈夫ー？　水分摂らないとダメだよー」

床に転がったまま、一向に息が整わないミントに声を掛ける。

彼女は顔だけをこちらに向けて、呻くような声を上げた。

「ぜ、ぜんぜん……、へいき……、です……、いやぁ、よゆうです……」

「ミントちゃん、無理はよくないからねー。しんどかったら言うんだよー」

トレーナーが釘を刺すが、ミントは意地を張って薄ら笑みを浮かべている。

大人ぶっていても身体は小学生なわけだし、なかなか体力も厳しいのかもしれない。

由美子はそう考えつつ水筒を傾けていたが、すぐに飲み切ってしまった。

今度からもっと大きい水筒を持ってこよう、と決めながら顔を上げる。

「すみませーん、飲み物買ってきまーす」

トレーナーに声を掛けると、彼女から許可は下りた。

それに合わせて、飾莉が手を挙げる。

「あ、やすみちゃん。あたしも行く〜」

「お。いこいこ〜」

ふたりしてレッスンルームを出た。

綺麗に清掃された廊下を、並んで歩いていく。

「この階、自販機コーナーみたいな場所あったよね？」

「あったあった〜。更衣室の近くじゃない？　スポーツドリンクもあったよね〜」

廊下に話し声が響く。

ほかのレッスンルームも使用されている形跡はあるが、音が漏れてくることはなかった。

二人分の足音を鳴らしていると、飾莉が鼻歌まじりで口を開く。

「いやでも、たいへーん。覚えることいっぱいだし、難しいし、てんてこまいって感じだ〜」

「あー、わかるよ。あたしも最初、そんな感じだった」

「やっぱり？　やすみちゃんも、大変だった？」

「そりゃもう。あたしもデビュー作はこんな感じだったからねー」

もう随分前のことのように思える。

『プラスチックガールズ』は大切な作品だが、当時の大変さはあまり思い出したくない。

右も左もわからない状況で、アフレコ、ライブ、レコーディング、イベントの準備や本番を進めていた。

ぎゃー！　わからーん！　と叫んだのも一度や二度ではない。

だからこそ、飾莉の力になりたい。

一年目でこんなにいい仕事にありつけたのは、本当に幸運だからだ。

「大変な仕事だけどさ、デビュー作がこの作品ってめっちゃラッキーだと思うよ。あたしもデビュー作、すっごく恵まれてたからわかるんだ。仕事の数が多くて幅が広いうえに、それが後々に繋がっていくから。とってもありがたいお仕事だよ」

『プラスチックガールズ』に感謝してやまないのは、そういう事情もある。

大切なデビュー作品であり、心から感謝している作品だ。

しかし、飾莉の反応は妙だった。

「恵まれてる、ねぇ……」

「……？」

独り言のように呟き、それ以上に言葉は繋がらない。

表情は笑顔のままだが、どこか偽物めいたものを感じた。

何か、まずいことを言っただろうか。

しかし、その理由がわかる前に自販機コーナーに着いてしまった。

「お～。やすみちゃん、いっぱい種類あるよ～。スポーツドリンクだけでも充実してるなあ」

……気のせいかもしれない。

自販機を指差して笑う飾莉を見て、違和感を頭の隅に追いやった。

お互いにスポーツドリンクを購入し、レッスンルームに戻る。

その途中、飾莉は何やら不思議なことを口にした。

「そういえば、やすみちゃ～ん。柚日咲さんって、格好いいよねぇ」

「か、格好いい……？」

柚日咲めくるに似つかわしくない言葉が出てきて、ぎょっとする。

そんな由美子に、飾莉は首を傾げた。

「えー、格好よくない～？　クールでー、ストイックって感じでー、まさにプロ！　っていうか。今日も淡々とレッスンしてて、格好よかったなー」

「あー……、まぁ、そう言われれば……？」

どんどん違和感が大きくなる表現だが、これは見ているめくるの違いだろう。

由美子が知っているめくると言えば、乙女のことで超早口になったり、くっついただけで真っ赤になったり、ファンサで喜んでしまう可愛らしい先輩だ。

けれど、普段のめくるは確かにクールかもしれない。

出会ったばかりのめくるは、冷たい先輩、といった感じだったし、表情もあまり変わらなかった。

放送作家の朝加美玲も、めくるを称するときは『事務的で淡泊』と言っていたくらいだ。

敵意を向けるのも、仕事がなってない後輩にだけ。

だから飾莉には、格好よく見えるのかもしれない。

「なんていうか、一匹狼？　って感じだし～。仕事とプライベートを分けてる感じが仕事人！　って感じで憧れる～」

「めくるちゃ……、柚日咲さん、花火さんとはかなり仲良いみたいだけど」

「そこがまたいいんだって～。ちゃんと心を許せる人がいるところとか。単に独りが好きな人なら、それはそれで問題ですし？」

そういうものらしい。

花火が「めくるにもイメージがあるから」と言っていたのは、こういうことだろうか。

確かに、飾莉にあのめくるは見せられない。

めくるとイチャイチャするのは、ふたりきりのときだけにしなければ。

「はい、今日のレッスンはここまでです。お疲れ様でした！」

トレーナーの言葉に、全員で「お疲れ様でした」と返す。

すぐさまミントがへろへろと座り込んだが、トレーナーは話の続きを口にした。

「あぁそうだ。みんな、マネージャーさんから聞いてるよね？　ユニットの練習日と、全体練習日はスケジュールに入っているから、決して忘れないように！　特に全体練習は、そう何度もできるわけじゃないからね」

承知している。

スケジュールにもきちんと記載したし、加賀崎もそこには仕事を入れないはずだ。

そこまでは既知の話だったが、そこから先の話は初めて耳にした。

「それと、レッスンルームはあらかじめ日にちを申請してくれれば、自由に使えるようにしてくれたんだって。利用できるならしたほうがいいよ！」

そんなことを言う。

へろへろ～っと手を挙げたのは、息も絶え絶えなミントだ。

「ここで自主練を……、してもいい、って、ことですか……？」

「そうそう。ある程度の練習は家でもできるけど、ちゃんとやるならここのほうがいいよ。後々、歌いながら踊るわけだし。ミラーもあるし、防音もしっかり。それに、ほかの人といっしょに練習できるのはすごくおっきい」

「やっぱり……、みんなでやったほうが……、こーかてき、なんでしょうか……」

「それはもちろん。みんなでステージに立つんだからね。トレーナーさんとしては、できるだけみんないっしょに練習してほしいかな。……ミントちゃん、大丈夫？」

全く息が整わないミントに、トレーナーは苦笑しながら問いかける。

ミントが「よゆうです……」と虚勢を張るのを聞きながら、みんなと顔を見合わせた。

自主練。

やれるのならやっておきたいし、ここを使わせてもらえるのもありがたい。

「予定表を置いていくから、みんなで申請する日を決めておいて。とりあえず今月分だけでいいから。わたしはもう戻るけど、ここは夜まで使えるから相談していいよ。予定表はあとでスマホに送ってね～」

そう言い残すと、トレーナーはレッスンルームから出ていった。

改めて、四人で顔を突き合わせる。

そこで、めくるがこちらをじっと見つめてきた。

あぁそうか、と慌てて口を開く。

確かに、こういうところでリーダーが仕切ったほうがいい。

「じゃあ各自、自主練でレッスンルームを使いたい日を、予定表に埋めよっか。スケジュールを確認しながらで。それをまとめたあと、申請しよう」

みんなに予定表を手渡す。

そして由美子も、ユニット練習日と全体練習日以外、空白の予定表を見つめた。

トレーナーの言うとおり、自主練をするならこの場所を使わせてもらうほうがいい。
問題はどの程度、自主練に時間を費やすかだ。
由美子としては、このライブには全力を注ぎたい、という思いも当然あるけれど。
プロとして完璧なクオリティに仕上げたい、という思いも当然あるけれど。
『どちらがライブをより盛り上げられるか。勝負しましょう、歌種やすみ』
真っ向からそう言ってきた彼女に、負けるわけにはいかない。
スケジュールを確認するだけでなく、マネージャーの加賀崎に連絡を入れた。
自主練を多めに入れていいか、と相談する。
「ごめん、お待たせ」
相談しながら予定表に書き込んだあと、三人の元に持っていく。
既に彼女たちは調整が終わったようだ。
四人の予定を確認しながら、改めて一枚の予定表にまとめていくが……。
「…………」
明らかに偏りがある……。
由美子、ミントは自主練をかなり入れているのに対し、めくると飾莉の日数が少ない。
めくるがあまり来られないのは、わかる。仕事量が違う。
けれど、飾莉があまり自主練をしないのはどういうことだろうか……。

突っ込んでいいのか迷っていると、ミントが声を上げた。

「御花さん。随分と自主練の日が少ないですけど、なんでですか？」

刺々しい声で、真っ向すぎる質問をぶつける。

ひやりとしていると、飾莉がおっとりと答えた。

「そうだね〜。バイトが忙しいし、オーディションやアフレコの準備もあるじゃない〜？　いやー、声優さんって家でやることが本当に多くて、困っちゃうねえ。だから、あんまり自主練は来られないかも〜」

そんなことをさらりと言う。

その途端、この場が微妙な空気に満たされた。

彼女が言いたいことはわかる。

声優の仕事は、スタジオに行って収録して終わり、ではない。

その準備に多大な時間を消費する。

台本や映像のチェック、資料の確認だけでも、家でやる作業は膨大だ。

オーディションに関しても同じで、こちらはこちらで準備が必要になる。

だから飾莉の気持ちはわかるし、こんなこと言いたくはないのだが……。

「飾莉ちゃんさ、バイトとか準備とか大変なのはわかるんだけど……。もうちょっと、いっしょに練習してくれると嬉しいなーって。あたしらも学校やら仕事やらあるけど、できるだけやりたいって思ってるしさ」

威圧的にならないよう注意し、慎重に言葉を選んだ。

しかし、ミントは勢い付いたように口を開いてしまう。

「そうですよ！　柚日咲さんはしょうがないにしても、御花さんはもっと来られるでしょう？　レッスンしないで上手くなれるほど、甘くないと思います！」

「ちょっとミントちゃん……」

ちょっと男子ー！　とでも言いそうなミントを、慌てて止める。

これは強制できることではないし、飾莉の主張も間違っていない。

幸い、飾莉は気を悪くした様子はなかった。

困ったような笑みを浮かべ、ゆっくりと口を開く。

「そうは言われても～……。柚日咲さんが仕事で来られないのはよくて、あたしがバイトで来られないのはダメって言われるのはちょっと……。ふたりは生活に困ってないから、そう言えるのかもしれないけど～」

声の温度も表情も変わらないが、その言葉選びでこちらが固まる。

さらに、飾莉はこう続けた。

「上京して一人暮らししてるから、ずっとバイト漬けでね？　オーディションはいくら準備しても受からなければお金にならない、かといって手は抜けない。オーディションを受ければ受けるほど、バイトができなくて生活が苦しくなる。そのうえ、絶対にお金にならない自主練をしないだけで、こんなに責められなきゃいけない？」

……やってしまった、と思う。

ミントも同じような気持ちになったのか、表情に強張りが見えた。

さっきまでの勢いが消える。

飾莉は声も表情もやわらかく、笑顔のままで首を傾げた。

「ふたりは実家暮らしの学生さんだもんね。羨ましいな～。でも、先輩だったら新人のギャラが安いことも、仕事がないのも知ってるはずだよね？」

痛いところを突かれる。

これは、こちらが悪い。

彼女が通った道は、既に自分たちは経験したはずなのに。

新人の仕事量とギャラではとても生活できないことも、仕事の準備に時間が掛かることも、わかっていたはずなのに。

もし今、自分が一人暮らしをしていたら、同じことが言えただろうか。

このライブに抱える想いは大きいけれど、それで人の都合を無視するのは違う。

ミントが固まる横で、頭を下げた。

「ごめん、飾莉ちゃん。無神経なことを言った。自主練にはできるだけ参加してほしいけど、あくまでできる範囲で、お願いしたいっていう話で。無理してほしいわけじゃない」

「ううん、こっちこそごめんね～。というかあたし、怒ってるわけじゃないから～」

飾莉はにぱっと明るく笑うが、その笑顔もどこまで本当だろうか。

しかし、表面上とはいえ、飾莉は許してくれた。

そのせいか、自然とミントのほうに視線が向く。

ミントはビクッと身体を揺らした。

怯えたままの表情で声を張り上げる。

「わ、わたし悪くないもん！　間違ったこと言ってない……！　だ、だって、だって！　プロなんだから、一番のパフォーマンスを見せなきゃいけない、って、そういうものだって、聞いたもん……！」

「ミントちゃん落ち着いてって」

ミントの手を引く。このままだと泣き出しそうだ。

変なところで火がついたのか、引っ込みがつかないのか。

ミントは感情的に小さな身体を震わせている。

飾莉はばつが悪そうにしながらも、何とか落ち着かせようとしていた。

「み、ミントちゃん～、あたし怒ってないから～。そんな怖がらないでよ～」

「怖がってなんてないですっ！　わ、わたしは先輩なのに……っ！　なんでそんなこと、言わ

れなきゃいけないんですか……っ!」

威嚇するように、ミントは飾莉を睨みつける。

子供っぽい怒り方とはいえ、空気は悪い。

また何か地雷を踏まないかと不安にもなる。

そこに、冷静な声が介入した。

「……ふたりとも、言ってることは正しいんじゃない。でも現実的に考えて、実行できるラインはどうしても存在するから。そこは各々のできる範囲でやっていくしかないでしょ」

今まで黙っていためくるが、淡々と告げる。

不思議なくらいするりと声が入ってきて、三人がめくるのほうを見た。

めくるは無表情のまま、だれも見ずに続きを口にする。

「それに、御花はダンスの技術はあるんだし。上手ければ練習しなくてもいい、って話でもないけど、まずは歌種とミントちゃんが御花のレベルに追いつかないと」

「う」

突然、胸にぐさりと杭を刺される。

……そうなのだ。

飾莉は初めてにも関わらず、レッスンをそつなくこなしていた。

それに比べて、由美子やミントは彼女ほどできていない。

だというのに、無遠慮に「もっと練習してよ」と言ってきたら、飾莉が「なんで？」となるのも無理はなかった。

由美子はゆっくりと息を吐いてから、口を開く。

「ん。とりあえず、あたしとミントちゃんはふたりに追いつけるよう自主練頑張る。だから飾莉ちゃんも、できる範囲で頑張ってくれると嬉しい。それでいいかな」

「わかった～、できるだけ調整するよ～。ミントちゃん、ごめんね」

「いいえ、べつに……。わたしもちょっと大人げなかったです……」

そんな言葉が小学生から出てくるのだから、ミント以外はほんわかと和んでしまう。

それでようやく、場の空気が落ち着いた。

結局、事態を収拾したのはめくるだ。

あとでお礼を言わないとなー、という思いと、リーダーとしてシャンとしないとなぁ、という思いがぐるぐると入り混じる。

そのあと、めくるは仕事、飾莉はバイトがあるということで、レッスンルームにはミントと由美子だけが残された。

自主練のためだ。

まだちょっと凹んでいるミントは、予定表を眺めてぶつぶつと呟く。

「いいんですか、歌種さん……。あんな勝手を許して……。後輩に好き放題言われて……」

「まぁまぁ……。ミントちゃんの主張はわかるけど、飾莉ちゃんの言うことも正しいよ。お仕事しなきゃ生活できないのはそのとおりだし」

どうやらミントは、納得したわけではないらしい。

行き場のない思いを抱えて、ジタバタしている。

なかなか気持ちを切り替えられないのは、子供っぽくて可愛らしいけれど。

そんな由美子の気持ちを知らないミントは、悔しそうに声を上げた。

「ナマイキです！　一年目のくせに！」

「そういう言い方はよくないですよ、ミント先輩。仲良くしましょうよ。それに」

立ち上がって、軽く足を伸ばす。

話し合っているうちに、すっかり身体は冷えてしまった。

「あたしらが飾莉ちゃんよりできてないのは本当だし。まず、飾莉ちゃんがびっくりするくらい、上手くなろうよ。思わず、『もっと練習しますー！』って言いたくなるくらいにさ」

そう提案すると、ミントの目がぱっと輝きだす。

すくっと立ち上がり、小さな手をぎゅうっと握った。

「そうですね！　そうしましょう。まずは御花さんを……、ぐぷっく……、ぷっくぷ？　クップク……。ぎゃふんと言わせます！　頑張りましょう、歌種さん！」

ようやく機嫌が直ったようだ。

ほっと胸を撫で下ろしてから、ふたりだけで練習を再開した。

飾莉のあの表情に、ちょっとした不安を覚えながら。


「つっかれた……、張り切り過ぎた……」

身体中に疲労感を覚えながら、ひとり廊下を歩く。

クタクタだ。初めてのレッスンだったのに、随分と遅くまで残ってしまった。

ミントは途中で親から連絡が入り、車で迎えに来てもらっていた。

そこでやめてもよかったのだが、妙に興が乗ってしまい、ひとりで黙々と練習していた。

飾莉と自分に差があるのを見て、「このままじゃまずい」と思ったのもある。

リーダーとしてもっと頑張らないと、と危機感を覚えた。

「ん？」

更衣室に向かっていると、どこからか物音が聞こえた。

しかし、レッスンルームは防音だし、更衣室や自販機コーナーはここから離れている。

首を傾げていると、それに気付いた。

少しだけ開いた扉がある。

そのレッスンルームから光と話し声が漏れていた。

……もしかして、千佳たちだったりする？

彼女たちもユニットでレッスンをしている、とか。

自分たちがこうしてレッスンルームを使わせてもらっているのだから、あちらも同じ待遇なのは間違いない。わざわざ場所を分けるとも考えづらかった。

レッスン日が被ることだってありうる。

もし、千佳たちがそこにいるとしたら。

「…………」

気になる。とても気になる。

念のため確認……、と呟きながら、そろそろと扉に近付いた。

「……あ。本当に渡辺たちだ」

レッスンルームには、見知ったふたりの少女が座り込んでいた。

片方は見慣れた学校ジャージだ。

体育の授業でよく見る姿の千佳が、床に座って何かを見ている。

その隣で、同じくちょこんと座るのは結衣だ。

彼女が着ているのは中学時代の体操着だろうか。

普段の黒セーラーとスカジャンの組み合わせではなく、半袖の体操服にハーフパンツ。

袖をまくって肩を出し、裾は結んでへそを見せている。暑いのかもしれない。

「ここよ。ここが難しくて」

「あぁ～、ここのステップ。確かにややこしいですよね！」

千佳の心地よい静かな声と、結衣の元気な声が混ざって響く。

どうやら、スマホで動画を観ているようだ。

先日送られた、レッスン用のお手本動画だろう。

千佳はため息を吐きながら、スマホを指差した。

「悪いんだけど、高橋さん。ここ、実際にやって見せてもらえる？」

「任せてください！　夕陽先輩のためなら高橋、足がもげるまで踊りますよ！」

「そういうのいいから」

どうやら、千佳の自主練に結衣が付き合っているらしい。

千佳は人に頼るのが苦手だし、そもそも結衣のことが苦手だ。

けれど、その気持ちを振り切って、結衣に力を借りているようだ。

それを見て、「頑張ってるなー……」という気持ちが湧く。

結衣は結衣で、千佳に頼られることが嬉しくて仕方ないのだろう。

元気いっぱいに、ステップを踏み始めた。

タンタン、タタン。タンタン、タタン。

軽やかでありながら、鋭くキレのある足捌き。

結衣の小さな身体が、まるでステージ上にいるように舞う。

「…………………」

言葉を失ったのは千佳だけでなく、遠くで見ていた由美子も同じだ。

完成度が高すぎる。

え、今日レッスン初日じゃないの？

ひとりだけ一ヶ月前からやってた？　ズルした？　ズルしたよね？

「こう、こう、こう、です。左足を前に出すときに、腰をクイッってするんですけど」

結衣が解説するために、ゆっくりとした動きで再び見せる。

テンポを変えても完璧な動きだ。

というか、これもうそのままステージに立てるのでは？

千佳はしばらくじっと見たあと、絞り出すような声で尋ねた。

「ええと、高橋さん……。高橋さんは、これをどれくらい練習したの？」

「はい？　あー、どうでしょ。データもらって、一通り観て……、それくらい……？」

「…………………」

千佳がげんなりした表情を浮かべた。

そんな顔にもなる。

複雑で難しい、と思っているステップを、後輩が容易く行っていたら。

千佳が運動音痴であることを差し引いても、さっきの振り付けはそう簡単にできるものではない。

すごい才能だ。やっぱりズルだ。

しかし、千佳はため息を吐きつつも、すぐに立ち上がった。

「……まぁいいわ。あなたの才能の力を借りる。頼りにしてるわ。もっと教えてくれる？」

「……！　夕陽先輩が高橋を頼りに……っ！　任せてください、夕陽先輩――！」

結衣はぱあっと表情を明るくし、瞳をキラキラさせた。

その喜びを身体で表現するように、千佳に勢いよく抱き着く。

ぐえっ、という千佳の苦しそうな声が響いた。

「わかりました！　高橋、いくらでも夕陽先輩を手伝いますから！　なんでも言ってください！　何なら高橋、夕陽先輩が完璧になるまで断食します！　いっしょに頑張りましょう！」

「重いのよ……」

それと近い……、と千佳は訴えるものの、抱き着かれたまま抵抗を諦めていた。

結衣のはしゃぐ姿は、久しぶりに遊んでもらう子犬のようだ。

微笑ましく思いながらも、由美子はそっとその場を離れた。

だれもいない廊下を歩く。

「ふたりとも頑張ってんなー……、あたしも家でもうちょっと練習しよ……」

才能に溢れる結衣と、そばにいる千佳があれほど頑張っている。

結衣の才能を前にした千佳は、より練度を上げてくるはず。

そんな千佳たちに勝とうと言うのだから、もっともっと頑張らないと。

「よっし。あたしが頑張らないとダメだな」

自分はリーダーなのだから。

きっと千佳も、慣れないリーダーを頑張って務めようとしている。

ぐっと気合が入った。


翌朝。

駅の改札を抜けて、通学路をいつもどおり歩く。

そこで背中をぽん、と叩かれた。

「おっはよー、由美子。いっしょに行こうぜい」

「おはよ、若菜。今日も朝から元気ねえ」

振り返ると、笑顔で手を振る川岸若菜の姿があった。

彼女はスタバのカップを手に持っていて、ずずーっと飲んでから顔を近付けてくる。

「ねね、由美子。そろそろ修学旅行の話が出てくると思うんだけど」

「あー、そうね。ぼちぼちそんな感じじゃない？」

修学旅行は五月末。

学校生活の中で最大級のイベントだし、みんなで旅行に行くと思うとわくわくする。

そのわくわくを表現するかのように、若菜は身体を揺らした。

「でさー。そのうち班分けしろー、って言われると思うんだけど。わたし、由美子予約ね」

「ん。あたしも若菜と行くつもりだったけど、あとのメンバーはどうなるかなー。一班、五人から六人だっけ」

頭の中に、ポンポンポン、とクラスメイトの顔が浮かぶ。

仲のいい子をあの子もこの子も、と考えていると、五人や六人じゃとても足りない。

こういうとき、由美子はいつも考えるのをやめる。

「由美子はどうせ早い者勝ちになると思うからさー、予約しとこうと思って」

若菜がこちらの腕に抱き着いて、にへっと笑う。

確かにいつも、真っ先に声を掛けられる。

早い者勝ち、というのもあながち間違いではなかった。

「でさ、由美子。修学旅行、渡辺ちゃんといっしょに行きたくない？」

「はあ？」

若菜が嬉しそうにおかしなことを言う。

由美子は頭を振って、ため息を吐いた。

「行きたかないよ。ただでさえいっしょの時間が長いのに、なんでわざわざ」

反射的に言い返す。

それに千佳とは、番組で既に修学旅行を済ませた。……都内だったけど。

すると、若菜はむしろそれを待っていたかのように、人差し指を立てた。

「やー、だってさ。由美子と渡辺ちゃんのラジオって、『同じ高校、同じクラス』が売りなんでしょ？　ラジオやってるふたりが、いっしょに修学旅行に行くってすっごくレアじゃん？」

「…………」

随分と、理由付けが上手くなった、というか。

何ともそれらしいことを言ってくる。

「それは……、まぁ……、そうね……」

ラジオのパーソナリティ同士がいっしょに修学旅行を回った、なんて聞いたことがない。

ネタとしては強い。

頭の中に放送作家の朝加、マネージャーの加賀崎が思い浮かび、「いっしょに回るべき」とこちらに指を差してくる。

そのうえ、若菜は絶妙なタイミングで誘いやすくなる言葉を付け加えた。

「それに、わたしも渡辺ちゃんといっしょに修学旅行行きたいよ～。三人で思い出作りたいよ

～。ねぇねぇ、由美子～」

「若菜、渡辺のこと好きねぇ……」

ぐらぐらと肩を揺らされながら、思案する。

若菜が望んでいるなら、そうしてやりたい。

千佳と若菜は不思議と相性がいいし、回るとしたらこの三人は悪くない。

それならば。

「あー……、じゃあ、渡辺誘う？　誘うっていうか、若菜が声掛けなよ」

「え、やだ。由美子が誘いなよ」

「なんでじゃ」

自分から言っておいて、なんでここで覆す？

訝しんでいると、若菜は「だってさ」と手を広げた。

「わたしが誘うより、由美子が声掛けたほうがいいじゃん。ラジオの話を出したほうが渡辺ちゃんは行きやすいけど、わたしがそれを言うのは変でしょ？」

「んー……、まぁ……、そうか……」

そうかもしれない。

若菜が普通に誘っても、あのひねくれ者は適当なことを言って逃げる可能性もある。

千佳の生態をよくわかっているというか、なんというか。

自分が誘ったほうがよさそうだ、とため息を吐いた。

「あ、ほらほら。由美子、渡辺ちゃんもう来てるよ」

「ん……」

教室に入ると、生徒たちのおしゃべりでガヤガヤと騒がしかった。

そこからひとり、ぽつんと遠ざかるように千佳は座っている。

静かにスマホをいじっていた。

見慣れたこの光景は、三年生になっても変わらない。

「ほらほら、行って行って」

若菜がニコニコしながら、背中を押してくる。

ふう、と息を吐いてから、千佳の席に近付いた。

「渡辺、おはよ」

「……おはよう？」

千佳は不思議そうに顔を上げる。

朝の挨拶なんて、普段はしない。

ましてや、わざわざ彼女の席に行ってまでなんて。

案の定、千佳は茶化すような顔で見上げてくる。

「わざわざ挨拶に来るなんて、もしかして現場と勘違いしてる？　後輩の自覚が出た？」

「寝惚けんじゃないよ三年目。ここが現場ならあんたが来るのがマナーでしょうが」

「役者としては五年目だから。で、なに。わたし、手持ちはそんなにないわよ」

「なんであたしが近付くとお金の無心だと思うわけ？　違うっつーの」

ため息をこぼしつつ、彼女をじっと見下ろす。

用事の内容が内容なだけに、ちょっと緊張してしまう。

それを振り払うように単刀直入に尋ねた。

「渡辺。あんた、修学旅行の班って決まってる？」

「は？」

何を言われたかわからない、とばかりに千佳はきょとんとした。

しかし、すぐにじろりと睨みつけてくる。

「出た出た。お得意のマウントが出たわ。朝からわざわざマウントを取りにくるなんて、随分と元気が有り余ってるのね。裸で外でも走ってくれば？」

「渡辺こそ、元気いっぱいでわんぱくに磨きがかかってんじゃん。普通の質問しただけで、アップ始めるのやめてくれる？　服を脱ぎ出してるのはあんたのほうでしょ」

呆れ声で返すと、千佳はふん、と鼻を鳴らした。

そのまま頬杖をついて、こちらを見上げる。

「決まってないわ。決まる予定もないし。余った班に、自動的に入れられると思うけれど」

「…………」

手慣れてるなぁ……。

今までは面倒くさがって、適当に受け流してきたのが見て取れる。

千佳らしいと感じながらも、ようやく目的の言葉を口にした。

「修学旅行、あたしらといっしょに回らない？　決まってるのはあたしと若菜だけで、まだふたりだけど」

「はっ……!?」

千佳は頓狂な声を上げて、目を見開いた。

彼女には珍しいくらい驚いている。

しかし、それも仕方がない。どう考えても似合わないことをしている。

修学旅行をいっしょに回ろう、だなんて。

まるで普通の友達みたいじゃないか。

千佳は驚きからゆるゆると表情を戻し、今度は眉をひそめた。

「本気でわたしを誘っているの？　嫌がらせで言っているのなら、さすがに性質悪いわよ」

「わかってるっつーの。そこまで性格悪くないし、真面目な話。いっしょの班になろうよ」

素直に伝えると、千佳はまじまじとこちらを見た。

その視線に耐えられず、思わず目を逸らしてしまう。

けれど、それで真面目に言っていることが伝わったらしい。

「あのね、佐藤」

彼女は真剣な表情で、答えを口にした。

「やめておくわ」

「なんでじゃい」

この状況で断る奴いんの？

しかも、めちゃくちゃ真面目なトーンで。

千佳はかつてないほど真剣な声色で、理由を語った。

「佐藤といっしょの班になりたい人なんて、いくらでもいるでしょう。一生に一度の修学旅行なんだから、わたしはそれを邪魔したくない。あなたも、その仲間たちも」

なんでそこだけ配慮するんだ。

普段はあれだけ、こちらや周りのことを茶化すくせに。

変なところで気を遣う……、というよりは、それだけ「渡辺千佳」の自己評価は低いのかもしれない。

こっそりと深呼吸をする。

それならば、こちらもちゃんと伝えないといけない。

「……あたしと若菜が、いっしょに行きたいんだよ。渡辺といっしょに、修学旅行」

本当に。

朝から恥ずかしいことを言わせないでほしい。

徐々に体温が上がるのがわかる。

顔が赤いのが自覚できて、顔を逸らしたくなる。

だけどそれも意識しすぎのような気がして、彼女をまっすぐ見つめていた。

「…………」

千佳はこちらを見上げ、固まっている。

しばらくそのまま、見つめ合っていた。

そして再び頰杖をついて、千佳は呆れるように言う。

「……あなた、最近本当にわたしのことが好きね」

「そ、そんなことありませんけどお……、言いがかりやめてくれますう……？」

顔が急激に熱くなる。

さっきからずっと、そう思われても仕方ないことばかりやってるけども！

いや、まてまて。

なんで、こっちがいっしょに回りたくてしょうがない、みたいな空気になってるんだ！

恥ずかしさで自然と声が大きくなる。

「言っとくけど！　あたしが渡辺と回りたいのは、ラジオのネタになるから！　エピソードトークのため！　そうじゃなかったら、あんたみたいな性悪女といっしょの班になるか！」

「あー、そういうこと。納得したわ。なら、最初からそう言えばいいのに」

「…………っ！」

キーッ！　と地団駄を踏みたくなる。

もうやだ、本当やだ、こんなこと引き受けるんじゃなかった！

「そういうことなら、班に入れてもらおうかしらね」

心の中で騒いでいる間に、千佳はしれっと言う。

そのあと、ぽつりと呟いた。

「それに、佐藤と同じ班なら、いろいろと参考に……」

「なに？」

聞き返すと、千佳ははっとする。

どうやら独り言だったらしく、「なんでもない」とそっぽを向いた。

何やら釈然としないが、目的は果たした。

一応、確認をしておく。

「じゃあ渡辺。いっしょに回るってことでいい？　若菜にも言っておくよ。残りの人は、まぁ先に声掛けてきた人といっしょになるかな」

「ん」

千佳はあらぬ方向を見たまま、小さく返事をする。

それで気が付く。

耳が赤い。

由美子はその場にしゃがみ、千佳と目線を合わせた。

目の前にすると、隠し切れないほど千佳の顔が赤い。

「なに照れてんの、渡辺。嬉しかったの？　同じ班になろうよ、って言われて。ねぇ」

「うるさい。そんなことない」

「こっち向きなよ、千佳ちゃん。ねぇねぇ」

「うるさい。あっちいって。あなたのそういうところ、本当に嫌い」

最後の最後で一矢報いたらしい。

今日はこのくらいで許してやるか、と笑いながら自分の席に戻った。

若菜にＯＫサインを送ると、若菜も満面の笑みを返してくる。

修学旅行、楽しみだ！

「『ティアラ☆スターズ☆レディオ！』」

「はい、こんばんはー！　海野レオン役、歌種やすみでーす」

「こ〜んばんは〜、大河内亜衣役の、御花飾莉です〜」

「ということで、第3回が始まりました、『ティアラ☆スターズ☆レディオ』！　この番組は『ティアラ☆スターズ』に関する様々な情報を、皆さまにお届けするラジオ番組です！」

「です！　今回はこのふたりでやっていきます〜」

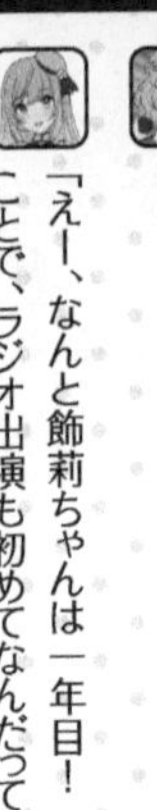
「えー、なんと飾莉ちゃんは一年目！　ということで、ラジオ出演も初めてなんだって？」

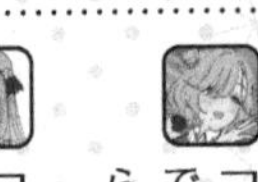
「そうなんですよ〜。だから緊張しちゃって〜。でも、相方がやすみちゃんでよかったかも。知らない人だともっと緊張しそうだから〜」

「そうねー。何もかも初めてだと、いろいろしんどいしねー。でも飾莉ちゃん、あんまり緊張しているように見えないけど」

「それすっごく言われる〜。緊張してるのに『してないよね？』って。なんか損してる気分になる」

「急なマジトーンやめて」

「深刻なんだよこれが〜」

「まま、あたしも飾莉ちゃんだとやりやすいけどねー。同じユニットだから、顔を合わせる機会もすごく多いし」

ティアラ☆スターズ☆レディオ!

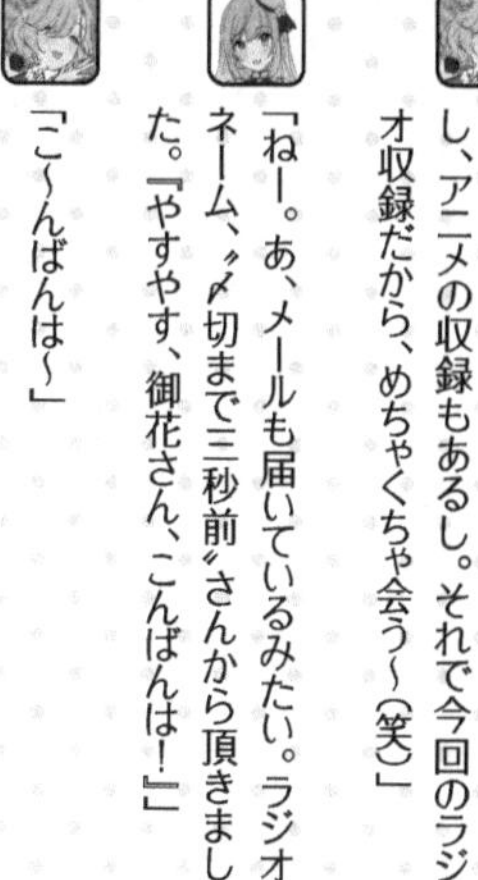

「そうだよね～。ライブのレッスンが頻繁にあるし、アニメの収録もあるし。それで今回のラジオ収録だから、めちゃくちゃ会う～(笑)」

「ねー。あ、メールも届いているみたい。ラジオネーム、〝〆切まで三秒前〟さんから頂きました。『やすやす、御花さん、こんばんは!』」

「こ～んばんは～」

「『御花さんはこの作品がデビュー作ということで、とってもフレッシュな新人さんですね! 周りの先輩たちとどういう交流をしているのか、ぜひ教えてほしいです。案外、厳しかったり?』とのことです。先輩たち……、あたしらみんなやさしいよね?」

「うん～?」

「ちょっと?」

「冗談冗談(笑) 本当にみんなやさしくて～。いろいろ教えてくれて嬉しいなって思うよ～。あ、たとえばミントちゃんとかね」

「うん? ミントちゃん? ……ええと、どういう?」

「や～、ミントちゃんやさしくて～。いろいろ話しかけてくれて～。なんかこう、妹ができたみたいで、かわいいな～って。かわいいよねぇ、ミントちゃん」

「あぁ、そういう……。そうね、小学生だけどすっごくしっかりしてて――」

to be continued……

オッケーでーす、と声が掛かり、由美子はイヤホンを外した。

ふう、と知らずため息が漏れる。

なんというか……、こう言ってはなんだが、やりにくい収録だった。

「お疲れ様でした～。やすみちゃん、いろいろとフォロー入れてくれてありがとう。やっぱり慣れている人相手だと、しゃべりやすかった～」

「お疲れー。飾莉ちゃん、すごいねえ。初めてとは思えないくらい、しゃべり上手かったよ」

「え、そう？　嬉しいな～」

飾莉はニコニコとしている。

そうだ、飾莉が初めてだからやりにくかったわけではない。

むしろ、彼女はすらすらしゃべれていて、肝が据わっているなぁ、と感じたくらいだ。

冗談を言い合う余裕もあったし、緊張を全く感じさせなかった。

しかし、なんというか……、ヒヤヒヤしたのだ。

言っちゃいけないことをポロリとこぼしそうな、そんな不安というか。

収録だからまずい発言はカットしてもらえるし、結局飾莉は一度も失言しなかったのだから、杞憂でしかなかったのだけれど。

でも、どこかそれが意図的に感じられた。

こちらがフォローする側に回らざるを得ない状況にして、主導権を握るような。

周りの人は気付かないだろうし、本人もバレていないと思っているかもしれないが、こちらを振り回そうとしたのは彼女自身の意思だ。

「………」

その理由はわからない。かといって、問いただすのもどうだろう。

とにかくそのせいで肩に余計な力が入り、疲労感を覚えた。

それでつい、弱ったことを思う。

戻りたいなぁ、と。

「…………？」

自分で考えていて、おかしな思考だと気付く。

戻りたい、って一体どこに？

内心で首を傾げていると、飾莉が口を開いた。

「そういえば、やすみちゃん。今度、全体練習があるよねぇ。自主練って結構やってる～？」

「あー、そうだね。集合曲を最優先にして、だいぶやってると思うけど」

もう少しで初めての全体練習がある。

今まで四人でやっていた振り付けを、倍の八人で行う。

ユニット二組でのフォーメーションの確認や、ダンスを合わせる必要があるので、流れを身体に叩き込んでおかないとまずい。

そして何より、千佳に現状の力量を見られるし、こちらも見る。

大事な中間発表の場だ。

なので自主練でも、集合曲を優先的に練習しているが……。

飾莉は手を合わせて、困ったように言う。

「あたしもできるだけ自主練に参加したいんだけど～……、やっぱりいろいろ忙しくて」

「わかってるって。来られるときにまた来てよ。無理のない範囲で大丈夫だからさ」

飾莉はユニット練習には参加しているし、クオリティも保っている。

ただ忙しくて、自主練の回数が少ないだけ。

そこに大きな問題はないはずだが――、溝は気になる。

どうにも飾莉はとっつきやすいようでいて、一歩引いている気がする。

距離がある。壁を感じる。

さっきの収録で生じた違和感も、それが原因ではないか。

絶対に踏み込ませない、防衛じみたものを感じた。

これからいっしょにやっていくのだから、壁があるのはやっぱり寂しいし、支障もある。

未だにミントは、自主練に積極的でない飾莉が面白くないようだし、不和が生じかねない。

前回のような状況はごめんだ。

何とかしなくちゃいけない。

その方法を探しながら、まずは自分たちが飾莉に追いつかなくては。


広いレッスンルームに、キュッキュ、とシューズの音が鳴る。

曲に合わせて、何十、何百と繰り返してきた動きをまた繰り返す。

鏡の前にはふたり。

ジャージを着た由美子と、体操服姿のミント。

すっかり見慣れた光景だった。

「よし、ちょっと休憩しよっか」

曲が終わったところで、ミントに提案する。

すると、すぐさま彼女は床に倒れた。

「あうー……。足が……、パンパン……、おもい～……」

息も絶え絶え、汗だくで床に這いつくばっている。

こうなるのはいつものことなので、気にせず飲み物を取りにいった。

「はい、ミントちゃん」

「ありがとう、ございます……」

水筒を手渡すと、ようやく彼女はその場に座り直した。

水筒に口を付ける。

小さな喉が何度も鳴って、水筒の中身を一気に流し込んでいた。

「ふぅ――……、生き返りました……」

人心地ついたようで、しみじみと呟く。

その言葉遣いと、その姿には思わず笑ってしまう。

一日に何度もダウンしかけるミントだが、これでも彼女はかなり成長していた。

「ミントちゃん、だいぶ体力ついてきたじゃん。前はもっとへばるの早かったけどさ」

「当然ですよ。これだけ練習してるんですからね。だいぶ振り付けもモノにできましたし、オノレのセイチョウが怖いくらいですよ」

小さな胸を張って、自慢げに言う。

その姿は微笑ましくもあり、頼もしくもあった。

彼女の言うとおり、連日の練習のおかげでかなり踊れるようになってきた。

自主練の効果あり、だ。

しかし、正直なことを言えば。

彼女がここまで頑張るのは、意外と言えば意外だった。

「ミント先輩、すごく頑張ってるけどさ。お姉さん、ちょっとびっくりしちゃったな。結構ハードな練習してると思うけど、しっかりついてきてるから。……何か理由ある、とか？」

ミントの内心に触れたくて、突っ込んだ質問をする。

すると彼女は、迷うような表情を見せた。

しばらく黙っているところを見るに、言いにくい話ではあるらしい。

しかしやがて、力強く、感情的に訴えた。

「だって、悔しいじゃないですか！　御花さんにあそこまで言われて！　でも、あの人はあんまり練習しないくせに上手いから嫌なんですよ！　わたしは御花さんより上手くなって、御花さんを焦らせたいんです！」

ふんふんと鼻息を荒くしている。

どうも彼女は負けず嫌いのようだ。飾莉に言われたことがよっぽど悔しかったらしい。

というより、そこも子供っぽい、と言うところだろうか？

その辺りの内情を晒してくれるのは、なんとなく心を開いてくれた感じがする。

ここ最近、ずっといっしょに練習しているおかげかもしれない。

けれど、ミントの表情が急に曇った。汗を手で拭きながら、前を見る。

荒い息を整えながら、ゆっくりと口にした。

「……それに、わたしにはもう、声優しかありません。声優として成功するためなら、なんだってやってやりますよ」

「…………」

彼女もまた、抱えているものがあるのだろうか。
想像でしかないが、思い当たる節はある。
彼女はデビュー作で一躍注目され、しばらくテレビで引っ張りだこだった。
けれどここ数年、彼女をドラマや映画で見たことがない。
それが関係しているのかもしれない。
だが、それ以上は踏み込んではいけない領域のようだ。
ミントはごまかすように勢いよく立ち上がり、拳を握った。
「さ、歌種さん！　まだまだやりますよ！　全体練習はすぐ目の前ですからね」
「はいはい。ミント先輩、さすがっす」
苦笑しながら立ち上がる。
彼女がどういった思いを抱えているか、それはまだわからない。
その思いに突き動かされ、余裕なく焦る姿は心配になるが……。
大人顔負けの努力をして、必死に踏ん張る彼女を止めたくはなかった。

そして、やってくる全体練習の日。
今日は両ユニットがひとつのレッスンルームに集まり、集合曲のレッスンを行う。

この日のために、集合曲の練習を優先的に行ってきた。

大事な大事な中間発表の場だ。

現時点で、お互いのユニットがどこまで仕上げているのか、目の当たりにする。

気合も入るというものだ。

由美子がレッスンルームに入ると、既に何人かは準備体操を始めていた。

人数も多いから、中はとても賑やかだ。

「お、歌種ちゃんだ。やっほ～」

「あ、やすやすせんぱーい！　お疲れ様でーす！」

トレーニングウェアに身を包んだ花火と、結衣が挨拶をしてくれる。

花火の隣にいためくるからは、愛想なくさらりとした「おはよ」。

そうして挨拶を交わす中で、どうしても意識してしまう相手がいた。

「ん」

「おう」

本当に短い、挨拶とも言えないやりとり。

千佳だ。

学校でもラジオブースでも、『マショナさん』のアフレコ現場でも、普段はごく普通に会話
しているっていうのに。

なぜか、この場では目も合わせせられなかった。

パチリパチリと、心の火が爆ぜる。

——負けたくない。

お互いの意志が、どうしてもそっけない態度を取らせていた。

緊張していたのもある。

あっちはどうだ。

自分たちはどうだ。

現時点では——、どっちのユニットが勝っているのか。

「お疲れ様でーす。お、みんな揃ってるねー」

扉を開けて入ってきたのは、ふたりのトレーナー。

普段はそれぞれのユニットを指導してくれるトレーナーだが、今日はふたりで全体練習を見てくれるようだ。

両トレーナーの指示のもと、フォーメーションなどの確認をしていく。

しばらく流れを確認したあと、トレーナーがこう口にした。

「じゃあ一度、集合曲を通しでやってみようか?」

きた。

ほかのメンバーはそうでもないだろうが、由美子はビリビリとした緊張感に支配される。

覚悟を決めて、指定された立ち位置に向かった。
鏡に、八人がそれぞれ並ぶ姿が映る。
睨むようにそれを見ていると――、曲が、始まった。
自然と身体が動き出す。ミントとともに、何度も繰り返してきた動きだ。
曲を聴くだけで、意識せずとも手が動く。足がステップを刻む。リズムに乗る。
それはほかのメンバーも同じ。
各々の手足が波のように揺らめき、そして、合わさっていく――。
――――。

曲が終わった。
各メンバーが指定された位置、指定されたポーズで動きを止めている。
「はい、そこまで」
トレーナーがパンッ、と手を叩くと、全員が姿勢を崩した。
荒い息を吐きながら、トレーナーの指示を待つ。
トレーナーたちは顔を近付けて、何やらぼそぼそと話していた。
これからの方針や、注意すべき点を話し合っているのだろう。
待ちの時間が発生したせいで、自然と視線が千佳に吸い寄せられる。
意識が勝負のことに向きそうになる。

しかし、視線はミントのところで止まった。

「…………」

ミントが、ニマニマと嬉しそうにしていたからだ。

笑いを堪えようとして、できていない。おかしな表情で鼻をひくひくさせている。

「ミントちゃん、すごく良くなってるね！　見違えたよ！」

トレーナーがそう声を掛け、ミントは鼻高々に「トーゼンですよ」と胸を張る。

「あとはバランスだね。周りとの動きが――」

続けてトレーナーが指摘を始めるが、果たしてミントはきちんと聞いているのか。

ちらちらと飾莉のほうばかり見ている。

一方、飾莉の動きは精彩を欠いていた。

「御花さんはもっと指先まで意識しようか。きちっと最後まで、雑にならないように。それと、振り付けはきっちり頭に入れておいてね」

「はいー、すみません～」

飾莉はしょぼん、と肩を落としてみせる。

飾莉は途中で振り付けを間違え、ほかの人とぶつかりそうになるなど、全体的に落ち着きがなかった。

初回だからそれほど問題はないが、周りと差が開かないよう気を付ける必要がある。

それは、由美子も同じだ。

「くそ……」

声は出さずに呟く。

飾莉は失敗したものの、ユニット全体のクオリティはきちんと上がっている。

しかし——、向こうのユニットはこちらより一枚も二枚も上手だった。

「夜祭さんと高橋さん。サビなんですが——」

トレーナーが指摘をする中、彼女たちの姿を目で追う。

結衣は天才的だ。

前にチラッと見た時点で完成度は高かったが、今はもう完璧と言っていいかもしれない。

花火はめくると同じく、自主練にはあまり参加できていないらしいが、それでも上手い。

「羽衣さんは、テンポが遅れるときがあるから注意して——」

一年目で最年長の羽衣纏は、ぎこちない部分もあるが、問題点はそれほど多くなさそうだ。

「夕暮さんは——」

そして、夕暮夕陽。

彼女は元々、運動が得意ではない。運動音痴と言っていい。

バスケでは頭にボールが当たり、ドッヂボールでも顔面に受け、不器用なところも多い。

けれど、鏡の前で踊る彼女は、華麗だった。

それが、どれほどの研鑽を積んだ結果なのかはわからない。

わかるのは――、由美子よりも技量が高いことだけ。

それは、ユニット全体としてのクオリティも同様だ。

現時点では、〝アルタイル〟に〝ミラク〟は勝てない。

まるで足りない。

すべてが、彼女たちより足りていない。

ならば――、心の炎に薪をさらにくべるだけだ。


全体練習が終わって、この日は解散が告げられた。

各々が帰り支度を始める中、由美子は手を挙げてアピールする。

「すみませーん、〝ミラク〟のメンバーはちょっと集まってもらえますかー」

めくるは黙って視線を向け、飾莉は「なーんですかー」と返事をした。

ミントはてとてとと……、と可愛らしくこちらに寄ってくる。

〝アルタイル〟のメンバーはもちろん無反応だが、千佳だけがこちらをじっと見ていた。

目が合う。

すると、彼女は手ぶりだけでこんなことを伝えてきた。

『わたしたちの、ユニットのほうが、よかった』

「…………っ」

明らかに挑発するようなジェスチャーを見て、頭が一気に沸騰しそうになる。

言葉を一切発していないのに、言いたいことが完璧にわかるのが腹立たしかった。

しかし、現状ではそれを認めるほかない。

千佳は由美子だけに無言の勝利宣言をしたあと、そのまま部屋を出ていった。

千佳にイラついている場合ではない。

その千佳を超えるために、きちんとみんなで話し合う必要がある。

「ごめん、ちょっとだけ時間ちょうだい。今回の全体練習のことなんだけど」

三人が揃ってから、由美子は話を進める。

「〝アルタイル〟の人たち、すごく上手かったと思う。あたしたちよりもずっと」

三人も同じことを感じたらしい。

めくると飾莉は頷き、ミントははっとしたように声を上げた。

「そう、そうなんです！　だいぶ差を感じました。このままじゃ、負けちゃいますよ！」

それに反応をしたのは、飾莉だ。

頬に指を当て、ゆるりと首を傾げる。

「負けている、って考えは変じゃない～？　ライブって、みんなで協力して作るものでしょ？

勝ち負けなんてないし、張り合う必要はないと思うけどな～」

その言葉に、由美子は出鼻を挫かれた気分になる。

自分が言おうとしたことを、先回りして否定されたようで。

しかし、すぐに考えを整理する。

飾莉の言うことは正しいが、自分が今から言うことも正しいはずだ。

けれど、先にミントが声を上げてしまう。

「このライブは、〝ミラク〟VS〝アルタイル〟っていうケイシキなんですよ！　勝負じゃないですか！　勝ち負けがあるんですよ！」

「ミントちゃーん。それはライブ上の演出だよ～。本気で勝負だと思ってる人は、だれもいないよ～。いたとしてもミントちゃんだけだよ～」

それでミントがムキーっと怒り出す。

飾莉はミントがかわいいのか、あえて怒らせている気がする……。

おほん、と咳ばらいをしてから話を戻した。

「張り合う必要はないかもしれないけど。お互い、同じステージに上がるメンバーとして、パフォーマンスに差があるのはダメだよ。今回差を感じたから、追いつけるようにより頑張ろうねって言いたくてさ」

見方によっては『相手ユニットより遅れている』ということでもある。

トレーナーたちは今回何も言わなかったが、差が開いてくればきっと注意もされる。

「そういうことね～。それはあたしもわかってるよ～。ミントちゃんが変なふうに言うから、誤解しちゃった」

飾莉はそんなことを言い、ミントを再びムキーっとさせている。

飾莉がすんなり飲み込んだとおり、ここまでは正しい。

しかし、ここから先は。

口にしていいのだろうか、と迷う。

「歌種」

そこに、めくるの声が響いた。

彼女は静かな声のトーンで、言葉を短く並べる。

「伝えたいことがあるなら、ちゃんと言えば」

……こういうとき、めくるはやっぱり先輩なんだなぁ、と実感する。

それで迷いが晴れた。

自分の気持ちをまっすぐに伝える。

「あのね、すごく個人的なことを言うんだけど」

声のトーンが変わったことに、すぐに飾莉とミントが反応する。

黙って、こちらの言葉に耳を傾けてくれた。

「あたしは、勝ちたい。〝アルタイル〟に勝ちたい。あっちのユニットより上手く踊りたいし、上手く歌いたい。盛り上げたい。負けたくない。だれも勝ち負けで見ていなくても、自分の心の中だけでも、『勝った』って思いたいんだ」

その言葉に熱がこもっていたからか、飾莉が否定することはなかった。

飾莉はこちらの顔を覗き込んで、ぽつりと言う。

「それは、あっちに夕暮さんがいるから？」

見抜かれている。

既に個人的な感情を口にしているし、いっそ全部聞いてもらったほうがいいかもしれない。

洗いざらい、話すことにした。

「うん。いろいろあってね、あたしはあいつにだけは絶対に負けたくない。このライブは形式上とはいえ、ユニット同士の勝負ってことになってる。それで、お互いユニットのリーダーっていう立場になった。その時点であたしたちにとっては、もう負けられない勝負なの」

本当に個人的な感情で、申し訳ないという思いを抱く。

言い訳、というわけじゃないが、さらに言葉を付け加えた。

プロデューサーから言われた話だ。

「これは個人的なこだわりだけど、榊さんにはそうあるべきとも言われた。あたしたちの熱は、絶対にお客さんに伝わる。負けたくない、っていう思いがライブ会場を熱くさせる。より良いステージをお客さんに見せるために、みんなにも負けたくない、っていう気持ちを共有してほしくて」

今回のライブは、そういうライブだ。

お互いが熱い想いを持ってぶつかり合い、それがさらに熱を生む。

その熱狂が欲しいから、プロデューサーは千佳と由美子にリーダーを任せた。

個人的なこだわりだけでなく、全員が全員、その思いを抱えてぶつかり合えれば。

きっと、そこには信じられないほどの熱が生まれるはずだ。

「ふうん」

飾莉がこちらの顔をまじまじと見るせいで、猛烈に恥ずかしくなった。

あまり、人に話したい内容ではない。

ただ、そこまでめちゃくちゃなことを言っているつもりはなかった。

一理ある、と。

そう思ってくれればいいな、と考えていたのだが……。

「そっかぁ。そういう思いを、ふたりは抱えてるんだね。まだ、そんなふうに」

なぜか飾莉の声には、感情が感じられなかった。

彼女は人当たりのいい笑みを浮かべている。

しかし、その表情にも、声にも、温度がない。

少なくとも――、響いているようには見えなかった。

むしろ、含みがある。

「……飾莉ちゃん、あたしに言いたいことある？　ぜんぜん言ってくれていいよ？」

「え～？　ないよ～？　なんで？」

飾莉はにっこりと笑ったまま、首を傾げた。

笑顔の仮面は分厚い。

それを剝がせないことに気落ちしていると、めくるの冷静な声が届いた。

「一部の声優ファンは、歌種と夕暮の関係性を認知しているから。そういう構図に持っていけば、熱を持つファンは少なからずいる。得てして、そういうファンは周りにも伝えたくなる。熱が広がっていく。だから、この形で盛り上がるのはいい判断だと思うよ」

飾莉とミントが同時に「なるほど」と声を上げた。

さすが柚日咲めくる、声優ファンの気持ちを熟知している。

もしくは、それさえも藤井さんの代弁かもしれない。

確かに、彼女が花火に「あの声優ふたりは実際にお互いをライバルだと思ってる関係でそれはファンにもバレているというか周知の事実なんだけど今回はステージ上でそのライバル同士がユニットのリーダーとしてぶつかり合う構図になっててそれがエモエモのエモでね」と語る姿は、容易に想像できる。

なんなら、もう言っているかもしれない。

そこでミントが、パンッと両手を合わせた。

「いやぁ、いいじゃないですか。個人のこだわりが結果的に、お客さんを喜ばせることになるなら。わたしだって、あっちのユニットには負けたくないです。みんなでいっぱい協力して、ぶつかりましょう！」

「そうだねぇ～。リーダーがそう言ってるしね～。頑張らないといけないね～」

「！　なんですか、御花さん、その言い方は！　大体あなたは……！」

何やら、ミントが飾莉に突っかかり始めてしまった。

とにかく、気持ちは伝えた。

みんなにも、負けたくないと思ってほしい。

それがいい結果をもたらすと信じて話したが、心を動かすに至ったのだろうか。

「…………」

飾莉とミントを見やる。

どれだけこちらの思いを伝えたとしても、「いっしょに頑張りたい」という気持ちがなければ、きっと何の意味もない。

リーダーとして、ほかにできることはないだろうか。

そんなふうに考えていると、からかわれていたミントがぱっと表情を輝かせた。

鬼の首を取ったように、飾莉に指を差す。

「いいんですか、御花さん。わたしにそんな態度を取って！　さっきのレッスンでは、随分とクセンされていたようですけど！　わたしとの実力差はえきぜん……、せきぜん？　ぜんぜん……。いっぱい差が出ましたよ！　悔しくないんですか？」

ふふんふふん、と鼻息荒く、胸を張るミント。

本当に嬉しそうだ。

実際ミントは頑張っていたし、今日の動きはとてもよかった。

それは飾莉も認めるところなのか、素直に褒め称える。

「いや～、びっくりしたよ～。ミントちゃん、本当に上手くなったねえ。すごいよ～」

そんなことを言いながら、飾莉はミントの頭を撫で始める。

……いやあれ、からかってるな。

これ見よがしに子供扱いしている。

「ふふん！　もっと褒めてもいいですよ！　存分に頭を撫でてくださいな！」

しかし、意外にもミントはそれを受け入れた。

胸を張って、満足そうに頭を撫でられている。

子供扱いは嫌なのに、頭を撫でられるのは好きなんだ……、不思議な子だな……。

からかうつもりだったのに受け入れられて、飾莉も毒気を抜かれたようだ。

気の抜けた笑みで頭を撫でている。

しかし、その手がぴたりと止まった。

ミントが、余計なことを言ったからだ。

「ま、これが自主練のセイカですよ。御花さんももっと練習しないと。バイトが大変、と仰っていましたけど、何とかしたらどうですか？　バイトを減らして、時間を作るべきですよ」

テンションが上がったせいか、その話を蒸し返してしまう。

それは以前、結論が出た話だというのに。

それともやはり、ミントはまだ納得……、というか、理解できていなかったのだろうか。

止める間もなく、ぺらぺらと話を続けてしまう。

「お金がないというのなら、ほかにも方法はあるでしょう？　お母ちゃ……、親を頼るとか。セイカツヒのせいで声優があんまりできないなんて、ダメじゃないですか？　親に相談してみたらどうです？　それならバイトしなくても――」

「ミントちゃん」

思わず、ミントの肩を摑んでしまった。

そこは踏み込んじゃいけない。無神経だ。

しかし、彼女はきょとんとした顔でこちらを見上げる。理解できていない。

何か言わなければ、と思うものの、急なことで頭が回らなかった。

そしてぽつりと、本当に小さな呟きが聞こえてくる。

「わたしだって、生活の心配なんてせずにまっすぐ夢を追いたいよ」

慌てて、飾莉を見る。

そこにはいつもどおりの、ゆるやかな笑顔があって。

穏やかな声で、ミントにやさしく答えていた。

「ごめんねぇ、ミントちゃん。親は頼れないんだ〜。うち、貧乏だから。声優目指すって言ったときも、めちゃくちゃキレられたし〜。ほとんど勘当……、あー、もう親子じゃない、みたいな。貧乏人が夢を追うなんて不愉快かもしれないけど、そこは許してほしいかなあ」

ちゃんと子供に話すように、飾莉は笑顔のまま口にしたのに。

その言葉はミントをはっとさせるのに、十分だった。

ようやく失言をしたと気付いたミントは、青い顔で頭を下げる。

「ご、ごめんなさい……」

「何がごめん？　気にしなくていいよ、本当のことだもん。あ、ごめんバイトの時間だ〜」

飾莉は笑みを浮かべたまま、「お疲れ様です〜」とレッスンルームから出ていってしまう。

慌てて彼女を追う。このまま見送るわけにはいかない。

意気消沈したミントと黙ったままのめくるを置いて、由美子は急いで部屋を出た。

「飾莉ちゃん。ちょっと待って」

幸い、廊下にはだれもおらず、容易に声を掛けられた。

しかし、言葉が続かない。

なんと言うべきか迷っていると、飾莉はゆるやかにこちらを振り返った。

困ったような笑みを浮かべている。

「ごめんね、やすみちゃん。空気悪くしちゃって。大人げなかったね～」

「そんなことはないけど……」

そうは言うものの、掛ける言葉が見つからない。

飾莉だって歯がゆいはずだ。

今日のレッスンで注意され、周りに差を付けられ、焦れているはずなのに。

彼女は今から生活費のためにアルバイトに向かう。

飾莉は能面のような笑顔を見せながら、こう続けた。

「でも、あたしは自分が恵まれていることに気付かない人が、やっぱり苦手かな～」

そうとだけ告げると、飾莉は廊下の奥に消えていってしまった。

あぁ待って、と手を伸ばそうとして、それがとん、と叩かれる。

めくるだった。

「めくるちゃん」

「ついてくるな。ややこしくなる」

めくるはそう言い残して、駆け足で廊下を抜けていく。
飾莉のあとを追ったのだろう。
由美子の代わりに、飾莉にフォローを入れるために。
取り残されて、思わず天井を見上げる。
……なんて、言ったらよかったんだろうか。
飾莉にとっては、由美子だって恵まれた人間だ。
生活の心配もなく、夢を追う実家暮らしの学生さん。
いたずらに彼女を不快にさせそうで、躊躇っているうちにするりと行ってしまった。
リーダーとして、ひとつひとつできることをやるべきだ。
そう思って行動しようにも、どこか空回りしてしまう。
一致団結を目指しても、妙なズレが起きてしまう。
かといって、何もしなければ絶対にいい結果はやってこない。
だから必死に奔走するべきなんだろうけど――、がむしゃらに走るだけでは、ダメで。
じゃあどうすればいいんだ、と叫びたくなってしまう。
千佳のことを考える。
彼女もリーダーとして、同じような思いを抱えているはずだ。
慣れないコミュニケーションを取ろうと、頑張っているかもしれない。

「……あぁ」

油断すると、千佳のことばかり考えてしまう。

彼女は今、どんな顔でこの問題に挑んでいるのだろうか。

「みなさん、ティアラーっす！　第5回、『ティアラ☆スターズ☆レディオ』が始まりました！　今回パーソナリティを務める、海野レオン役、歌種やすみです！」

「みなさん、ティアラーっす！　同じくパーソナリティを務める、北国雪音役、夜祭花火でっす！」

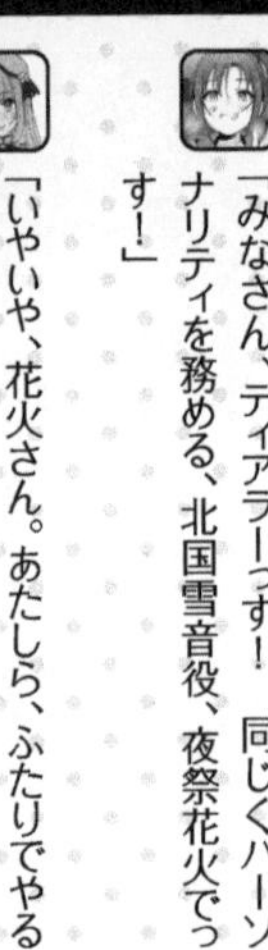
「いやいや、花火さん。あたしら、ふたりでやるのは初めてですけど。ですけど……」

「うん、わかるよ。そんなことより、大事件が勃発してるね。こっち真っ先に触れたいよね」

「そうなんですよ。いつの間にか、挨拶が決まってて。ティアラーっすって。これどう思います、花火さん」

「台本見てびっくりしたよね。いやー……」

「「ダッサイ」」

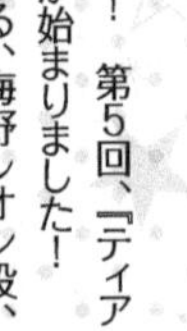
「いや、わかる。わかるんだけども。ティアラーっす、は……、ねぇ？」

「本当に。これだれが決めたの？　歌種ちゃん？」

「不名誉な冤罪やめてください。違いますって。あたしも台本見てびっくりしましたよ。前来たときは普通の挨拶だったし」

「じゃあ犯人だれ？　作家さん？　……ん？　作家さんがなんか言ってる。ふんふん。元々挨拶はメールで募集してたんだ？」

「あー、してたした。それで第4回で、パーソナリティがメールから挨拶を選んだの？　犯人は第4回の連中かー！　だれだー！　〝ゆ〟から始まって〝び〟で終わる奴だったらあたしが頭はたいておきます」

ティアラ☆スターズ☆レディオ！

「じゃあたしは、〝ゆ〟から始まって〝る〟で終わる奴だったら、怒っておくね。で、だれだったの？」

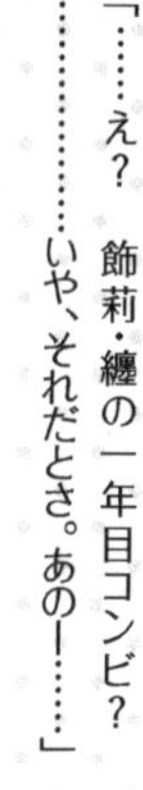

「……え？　飾莉・纏の一年目コンビ？　……いや、それだとさ。あのー……」

「急にイジリづらくなるじゃん……。ほかの人だったらいくらでも言えるけど、新人ちゃんにはちょっと言えないじゃん……」

「どうすんだこの空気」

「そーだそーだ」

「そもそも、第4回って一年目コンビにやらせたの？　大丈夫？　これはもはやキャスティングに悪意がない？　事故を期待してない？」

「そーだそーだ。そのうえ、ずっと使う挨拶を決めさせるところにも悪意あるぞー」

「あるぞー」

「あとだっせえ挨拶送ってくるリスナーも悪い。もっといいの送ってこーい」

「そーだそーだ。もっと頑張れー」

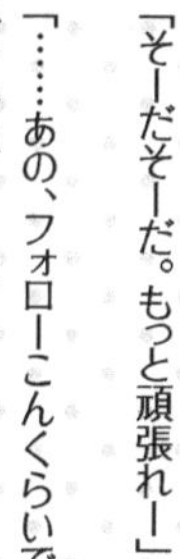

「……あの、フォローこんくらいで大丈夫ですかね……？」

Tiara★Stars Radio

to be continued……

オッケーでーす、という声が聞こえ、イヤホンを外す。

『ティアラ☆スターズ☆レディオ』の収録も由美子は四度目。

毎回パーソナリティが違うのはなかなかに骨だが、今回はとてもやりやすかった。

花火のおかげだ。

長く人気番組をやっているだけあって、彼女のトークスキルは抜群だった。

「おつかれ、歌種ちゃん」

向かいに座る花火が、ニッと笑う。

今日の花火は、ゆるっとした大きめのパーカーに、下はチェック柄のワイドパンツ。

サイドでまとめた髪が活動的な印象を与え、彼女によく似合っていた。

花火はペットボトルの蓋を開けながら、なんとはなしに尋ねてくる。

「そういえば、歌種ちゃんたちのユニットはどうだい。レッスン、上手くいってる？」

「んー、どうでしょうね……」

苦笑いしてしまう。

状況としては、むしろ悪い。

あの日からというもの、ユニット内の空気は気まずくなっていた。

飾莉は変わらず壁を作ったまま、ミントはその壁によって距離が離れ、めくるもあれから動かない。

とても息が合っているとは言えない。

こちらの答えは予想できていたのか、花火は静かに笑った。

「いろいろ大変だとは思うけどね。そっち、若い子多いし。めくるは毎日楽しそうだけど」

「え、そうなんですか？」

普段は淡々とレッスンして帰る、という感じで、あまりそんな素振りはないけれど。

ふたりきりになることも少ないので、あんまり遊べてもいない。

しかし、花火はおかしそうに喉の奥を鳴らした。

「めくる、歌種ちゃんのことが大好きだからね。すぐそばでレッスン風景見られるだけで嬉しいみたい。いつも楽しそうに話してるよ。あと、ミントちゃんと絡むのも初めてだから、会えて感激してた」

「あー……」

完全に藤井さんの話というか。

相変わらず、オンオフの差が激しい人だ。

きっと花火の前では、素直に自分を出しているのだろう。

そんな花火に、こちらも気になることを尋ねた。

「……そっちのユニットはどうですか？　上手くいってます？」

もうちょっとで、「ユウはどうですか」と尋ねるところだったが、すんでのところで堪えた。

リーダーとして、千佳がどんなふうに行動しているのか、とても気になる。

けれど、意識しているとは思われたくない。

だが、そんな気持ちはお見通しらしい。花火は笑みを浮かべた。

「夕暮ちゃんはよくやってるよ。頑張ってる。立派にリーダーやってるんじゃないかなぁ」

「…………」

自分から聞いておいて、身体に焦燥感が走った。

上手くやっている、らしい。

それはどんなふうに、どこを切り取ってそう思ったのか、詳しく問い詰めたくなる。

「ま、こっちはこっちで一筋縄ではいかないけどねー。そこは夕暮ちゃんも苦労してる」

「え。どの辺がですか？」

黙っているつもりだったのに、つい尋ねてしまった。

しかし、花火はいたずらっぽく笑って、こちらに指を差してくる。

「そんなの、夕暮ちゃんに直接訊けばいーじゃん。あたしから聞かなくても」

「…………」

それができたら苦労しない。

本人に訊けないから、こうして周りから情報をもらおうとしているのに。

もちろん、花火はそれもわかって言っている。

愉快そうに笑ったあと、こちらの顔を覗き込んできた。

「歌種ちゃんには悪いけど、あたしは夕暮ちゃんを応援してるからさ。同じユニットっていうのもそうだけど、夕暮ちゃんはうちの後輩だからね。負けてもらっちゃ寝覚めが悪いのさ」

「……べつにいいですよ。うちが勝ちますけどね」

「おうおう。めくるといっしょにかかってくるといいさ。叩き潰してやらあ」

わはは、と花火は髪を揺らして笑う。

あちらのユニットは花火や結衣がいるから、明るそうだなぁ、なんて思ってしまう。

だけど、それでも千佳が苦労するのは、何が原因だろうか？

「それじゃ、あたしは帰るね～。おっつかれさま～」

考え込んでいると、花火はにこやかに席を立った。

慌てて立ち上がる。

「あ、花火さん。いっしょに帰りましょうよー」

「お、いいよ。かわいいめくるの話を聞かせちゃろう」

花火の隣を歩きながら、今回の収録を振り返る。

めくるのときも思ったが、花火とのラジオはとてもやりやすかった。

欲しい言葉がぽんぽんと返ってきて、小気味よく話せる。

そんなめくると花火が息を合わせるのだから、『めくると花火の私たち同期ですけど？』が人気番組なのも頷ける。

「…………？」

しかし、なんだろう。この違和感は。

やりやすい、上手くいった、楽しかった。そう思えるラジオだったのに。

なぜか、心に引っかかりを覚えてしまうのは。


「やっぱ、コミュニケーションが大事だと思うんだよ」

「はあ」

全く響いていないのか、めくるは気のない返事をする。

今日は自主練の日だが、珍しくめくるとふたりきりになった。

向かい合わせになりながら、レッスン前の柔軟体操を行っている。

「ライブもイベントも、結局はチームワークじゃん？　息が合ってる、合ってないはクオリティに響くと思うんだよ」

「そうね」

めくるはあえてそうしているのか、あまり目を合わせようとしない。

つれない態度はいつものことだが、聞いていないわけではなさそうだ。

かまわず話し続ける。

「めぐるちゃんと花火さんだってそうじゃん？　ふたりとも息ぴったりで、それが人気の秘訣だと思うんだ。あたしたち四人の呼吸が合ってたら、絶対いいライブになるって」

「一理あるんじゃない」

そっけない口ぶりは変わらない。態度に変化はない。

そのせいで薄々予想しつつも、由美子はめぐるに提案した。

「だからめぐるちゃん。ユニットの四人でどっか遊びに行かない？」

もっと仲良くなりたい。

ユニット内に流れる微妙な空気を一掃し、爽やかな関係を築きたい。

仲良くなれば、ライブも練習も楽しくなるはず。

微妙な関係の他人より、気心が知れた仲間のほうがきっと上手くいく。

協力し、尊重し、同じ目標に向かうためには、コミュニケーションが足りない！

そう思って、こんな提案をしたわけだ。

……千佳に聞かれたら、「出たわ」と言われそうな考えではあるが。

しかし、この作戦には大きな問題があった。

柚日咲めぐるである。

「わたしはいい。三人で行ってきたら」

「そうじゃないんだってぇ〜、めくるちゃ〜ん」

思わず、べたあ、と床に伏してしまう。

そんな由美子を、めくるは冷ややかな目で見下ろしてきた。

「あんたのスタンスは否定しない。リーダーとして、少しでもよくしようと行動するのはいい心がけだと思う。でも、わたしを巻き込まないで」

ぐっぐっ、と腕を伸ばしながら、淡々と言われてしまう。

そんなめくるに、ぱちん、と手を合わせた。

「そこを何とか……！　だってさぁ、こういうのは全員揃うことが大事じゃん？　ひとりいないのと、みんな揃ってる！　じゃ心持ちも違うと思うんだよ〜。それに、めくるちゃんが来るなら、きっとふたりも『それなら……』って感じで来てくれると思うし！」

「それはあんたの都合でしょ。わたしにはわたしの都合があるの。歌種だって知ってるでしょ。わたしは、花火以外の声優と交流するつもりはない。そこは変わらない」

徹底している。

もとより、わかっていた話ではあった。

彼女は絶対に公私を分ける。

声優としての柚日咲めくると、ひとりの声優ファンである藤井さん。

ふたつの自分が合わさらないよう、きっちりと線を引いているのだ。

乙女たちと焼肉に行ったのも、ふたりでしゃぶしゃぶを食べに行ったのも、結局どちらも仕事の延長でしかない。

その壁を越えられるのは、夜祭花火だけだ。

それは重々承知だが、そのうえで頼み込んでいた。

けれど、めくるから返ってくるのはため息ばかりだ。

「そもそも、あんたとこうしているのだって、わたしからすればルール違反。本当はもっとドライな関係でいたいっていうのに」

そんなことまで言う始末。想像以上に頑なだった。

ここまで取りつく島がないとは……。

なんだかんだで、今までは大抵のことは聞いてくれたのに。

こうなってしまっては、拝み倒すしかない。

「もちろん、めくるちゃんのスタンスは知ってる！　だから今回だけでいいから！」

「しつこい」

両手を合わせて頭を深々と下げても、まともに見てもくれない。

どうやら、正攻法ではどうしようもなさそうだ。

「ん……、わかった。ごめんね、めくるちゃん。無理言って……。あたし、いつもそうだよね……、めくるちゃんに甘えてばっかで……、ごめん……」

「…………」

しょんぼり、と露骨に肩を落としてみせる。

すると、早速反応があった。

ぴくりと肩を揺らして、めくるは口を真一文字にする。

顔を赤くしながら、指を突きつけてきた。

「……そういうのやめろ。珍しい表情すんな。わざとだってわかってるからな」

「えへ」

見抜かれていた。すぐに相好を崩す。

「でもめくるちゃん、正直ちょっと効いたでしょ」

「…………」

黙り込んでしまう。ちょっとどころじゃなさそうだ。

いや実際、心がぐらつく音ははっきり聞こえたけれど。

めくるは相手にすると危険だと感じたのか、柔軟体操に集中し始めた。

顔を伏せて、身体を伸ばし始める。足を広げて、ぐっぐっと上半身を倒していた。

そこにいそいそと近付く。

「めくるちゃん、ストレッチ手伝うよ」

「ん……」

そっと背中に手をやるが、彼女は何も言わなかった。

ほかの子たちともやっていたし、別段深い意味はないと思ったのだろう。

だが甘い。

柚日咲めくるに対してのみ、この接近は非常に高い効果を誇るのだ。

「ねぇめくるちゃーん、お願いお願いお願い～、お願いだってば～」

彼女の両肩に手を載せ、ぺたーっとくっついてみる。

さっきまでやわらかく前屈していたのに、ピキッ！　と瞬時に固まった。

まるで板だ。

おそろしいほどガチガチになり、顔も一瞬で真っ赤になる。

「……っ。――はっ……、はっ……。ふぅ……、ふぅ……。んぐっ……。な、なにを言われようと、無駄だから……。脅しには……、屈しない……っ」

ひどく息が荒くなり、上気した顔に汗が流れ始める。

いくら練習しても、こんな顔や息遣いにはならないのに……。

しかし、今回は奇声もなく、ひたすらに耐えていた。

「おー。めくるちゃん、今回は頑張るね。やすやすがこんなに近くにいても、効果なし？」

「な……、ないわよ……、ん、ぐっ……。ぜんぜん……、へいき……だし……」

「でもめくるちゃん。顔めっちゃにやけてるよ」

「…………」

指摘すると、沈黙してしまった。

視線は前に向けたままだが、さっきからめちゃくちゃ嬉しそうに笑っている。

にやにやーってしてる。

「……めくるちゃん、あたしたちに正体隠してたとき、よく我慢できたね？」

「あのときは気を張ってた、ってのも、ある、けど。あんた、も、こ、んなに、ファンサ過剰、じゃなかったでしょ……、ほ、んと、やめて、ほしい。これいじょう、すきに、させないで」

熱がどんどん上がっていき、若干発言が怪しくなってきた。

素直に言いすぎだろ。さすがにちょっと照れるわ。

これ以上は彼女の理性が飛びそうなので、ぱっと身体を離す。

すると、めくるはそのままどべーっと床に伏せてしまった。

苦しそうにしながら、こちらに指を差してくる。

「わたしが言っているのは、こういうことなんだって……。下手に絡むと素が出そうになるから、壁を作っていたいの……。だから、あんたの要求は呑めない……、あぁもう、表情戻んなくなっちゃったじゃないの……」

にやにやしながら、物凄く説得力があることを言う。

自分を守る行為でもあるので、安請け合いはできないと。

確かにこの要求は、めくるには負担とリスクが大きすぎるかもしれない。

でも、めくるが来てくれないとやっぱり締まらないし……。

そこでふと思いついた。

ダメ元で提案してみよう。

「じゃあさ、めくるちゃん。取引しよう。あたしは、一個だけめくるちゃんの言うことをなんでも聞く。その代わり、いっしょに来てほしい。これでどう？　お願いの交換っていうか」

「はあ？　そんなこ……、な、なんでもっ⁉」

一度は呆れた表情になりかけためくるだが、二度見してきた。

口をあんぐりと開けて、目を見開いている。

愕然としている。

今までいろんな表情を見せてくれたけど、これは珍しい。

しかし、そんな反応が不安になって、慌てて付け加えた。

「や、あたしのできる範囲で頼むよ。常識の範囲内で。ギャラ全部よこせ、とか声優引退しろ、とか全裸で外走れ、とかはなしよ？」

「それは、もちろんだけど……。う、歌種がいいって言ったら、わたしの願いは叶えてもらえるってことよね？　な、なんでも……」

「う、うん……。いや、あの。不安になってきたんだけど、あんまりハードなのは……」

何を要求するつもりかわからないが、ちょっと怖い。

いろいろ注意事項を付け加えようとしたが、先にめくるが手を突き出してきた。

さらに人差し指を唇に当てる。

「しっ……。今、考えてるから。集中してるから。黙って」

こわいよ。

熟考したうえで何を要求するつもりだ。

しばらく経ってから、彼女はスゥー……、と息を吐く。

ゆっくりと、本当にゆっくりと、めくるは要求を口にした。

「え。いや、まぁ、いいけどさ。いいけど……、え、なにそれ？」


お願いの交換は成立した。

その結果、めくるも何とかいっしょに来てくれることになった。

あとは、ミントと飾莉に提案するだけ。

ミントと飾莉はあの日から、ずっと微妙な空気を引きずっている。

ミントは飾莉に対して遠慮がちになり、飾莉は何事もなかったかのように振る舞っているが、
それは表面上だけに感じた。

違和感のある雰囲気に包まれている。

すぐにでも何とかしたい。

三人の自主練が運よく重なる日があったので、声を掛けることにした。

「ふたりとも、ちょっといいー？」

一通り練習したあとの、休憩中。

ぐったりとして座り込むミント、ぐびぐびと水を飲む飾莉に近付いた。

「今度さー、ユニットのみんなでどっか行かない？」

そう提案すると、ミントは初めて聞く言葉のように目を丸くした。

飾莉は笑顔で首を傾げる。

「どっかって、どこ～？」

「場所はまだ決まってないんだけどさ。どっかで遊んで、ご飯食べて～って感じ。どう？」

「ユニットのみんなって……、柚日咲さんも……、行く、んですか……」

ぜえぜえ、という荒い息がミントから聞こえる。

それに苦笑しながら答えた。

「来る来る。でも、行き先はそっちで決めといて、って言われちゃった。ふたりが行く～って言ってくれるなら、今日行き先を決めたいんだよね」

「柚日咲さんって、そういうの来るんだね～。交流とか、あんまり興味ない人かと思ってた」

飾莉が意外そうにしている。

ミントもこくこくと頷いていた。

「大体合ってる。今回は、まぁ……、ユニットの関係を深めたいって思ってくれたんじゃないかな」

なんと言うべきか迷ったが、特例であることは伝えておいたほうがよさそうだ。

飾莉はふーん、と頷いている。

ミントはちろり、と飾莉のほうを窺っていた。

「……御花さんはどうするんですか？」

「ん～？　行く行く～。柚日咲さんとも遊んでみたいし。ミントちゃんは？」

ミントはパチパチと目を瞬かせてから、スッと胸を張った。

「しょ、しょうがないですね。わたしも行ってあげます。ユニット全員で行くと言うのなら、仕方ありません。シンコーを深める、ってやつですね」

明らかに声が弾んでいる。

ウキウキという音が聞こえてきそうだ。

「うふふ、声優仲間と遊ぶなんて、大人って感じ……」

小声で呟いているが、こちらにまでしっかり聞こえていた。

喜んでもらえて何より。

こちらとしてもふたりが乗り気で安心した。

飾莉には断られるかもしれない、と危ぶんでいたのだ。

彼女の壁は、変わらず存在しているから。

その壁がなくなることを期待しつつ、話を進めた。

「予定の調整もしなきゃだけど、まずどこに行くか決めよっか。行きたいところある？」

「飲みやりましょうよ、飲み！」

「ミントちゃ～ん、あたしたち三人とも未成年～。どこで覚えたのそんな言葉～」

ミントのはしゃぎっぷりを考えると、親戚の子供と遊ぶお姉さんたち、という構図になりそうだ。

それを踏まえて、つらつらと遊び場を提案していく。

どれがいいかな、と考えていると、飾莉がゆるっと手を挙げた。

「あ、お祭りとかどう？　縁日を歩いて～、いろんなものを食べながら、屋台で遊ぶの。あたし、久しぶりにそういうの見て回りたいな～」

「ほう……、お祭りですか。いいですね！」

すぐさまミントが賛同の声を上げる。本当に楽しそうだ。

確かに、お祭りはいいアイディアだと思うけれど……。

「この時期にお祭りってやってんの？」

夏になればそこかしこで祭りをやっているが、今はまだ春先だ。

気が早いのではないだろうか。

その疑問に、飾莉は人差し指を立てて答えた。

「それがねー、今度、うちの近所でやるみたいなんだ～。結構大きいお祭りらしくて、ちょっと覗いてみたかったんだよね」

飾莉はスマホを取り出し、そのお祭りのサイトを開いた。

すぐにミントがくっついてスマホを覗き込み、飾莉が「近い～」と非難する。

「ふ、ふぅん……、い、いいじゃないですか。わたしはここが、ここで、いいですよ……」

ミントもお気に召したらしい。

それほど遠い場所でもないし、ちょうどよさそうだ。

「じゃあ、このお祭りにいこっか。予定合うかな」

三人揃って、スケジュール帳を取り出す。

あとでめくるにも聞いてみたところ、ぴったりと予定が合った。

交流会はお祭りに決定だ。


そして、来たる祭り当日。

お祭りがあるということで、駅前はかなり混雑していた。

飾莉の言うとおり規模が大きいらしく、改札を抜けた時点で既に騒がしい。

遠くから、笛や太鼓の音が響いていた。

まだ昼過ぎだというのに、駅前の広場には祭り目的であろう人がたくさん見える。

浴衣を着た人たちが、楽しそうに笑い合っていた。

そんな中、待ち合わせ場所に見知った女性がひとり。

早速、遠くから声を掛けた。

「ふ、じ、い、さーん！　待った～？」

めくるがぎょっとして顔を上げる。嫌そうに顔を歪めた。

「うるさい……。変な声、出さないで」

「え～？　めくるちゃんが喜ぶと思ってキャラ声にしたのに。今の、何のキャラでしょう？」

「『ルイスの野望』ベル・ベル・クラック」

「なんでわかんの？」

「なんでいつも引くくせに訊くの？」

再び嫌そうな顔をした、めくるの姿を見る。

白のノースリーブ、デニムパンツ、黒いキャップと夏っぽい格好をしている。

まだ春だけれど、お祭りに合わせたんだろうか。

「めくるちゃん、こういうのも似合うねえ。いいじゃん。かわいい」

「…………………」

素直に褒めたのだが、彼女からの返事はなかった。

まじまじとこちらを見つめるばかりで、耳に声が入っていないようだ。

めくるはおそるおそる、こちらを指差す。

「歌種。あんた、浴衣で来たの」

「うん。せっかくのお祭りだし。ツイッターにでも写真あげよっかなって」

「あぁ……、だから、今日は声優仕様なのね……」

「いつものメイクだと、浴衣に合わないってのもあるけどねー」

祭りに行くので、浴衣を母に出してもらった。

涼しげな水色の浴衣で、髪は後ろでまとめている。

真夏に浴衣を着るのは忍耐を要するが、今の気候ならかなり過ごしやすい。

結構似合っているんじゃないだろうか。

しかし、めくるは無表情のままで、何も言ってくれない。

「めくるちゃん、どう？　かわいい？　やすやすの浴衣なんだけど。はーい、回って～」

めくるの前でくるーっと回転してみる。

彼女の目は爛々と輝いて、決して視線を外さない。

姿勢もカチカチに固まり、口も動かなかった。

どういう状況かを理解して、由美子は思わず口に出す。

「いや、ガッツリ見惚れられても。アクションしたんだから、何か言ってよ」

「はっ」

めくるは目を見開き、慌てて視線を逸らした。

キャップを深くかぶり直し、顔を隠しながらぼそぼそと呟く。

「すっごくかわ……、いや、似合ってるん……、じゃな、いの、知らないけど、うん、めちゃくちゃ、いい、いや、まぁ、うん」

「キャップで隠しながらのぞき見するのやめてくんない……」

「み、見てねーし……」

喜んでくれたのならいいけど。

めくるの隣に立って、ミントたちを待つ。

時計を見ると、待ち合わせ五分前だった。

こうしていると以前、めくるとしゃぶしゃぶや焼肉に行ったときを思い出す。

「そういえばめくるちゃん。前も、来るの早かったよね。待ち合わせ、早めに来ないと心配になるタイプ？　あたしも割とそんな感じだけど」

「べつに。普段はそうでもない。今日はたまたま、やることなくて早めに来ただけ」

腕を組んで、めくるはそっけなく答えた。

目を瞑って、退屈そうに。

冗談のつもりで、彼女に人差し指を突き付けた。

「あたしと会うからって緊張して、待ち合わせ場所に早く来ちゃったんでしょ～」

「…………」

めくるは両目を見開き、そのまま固まってしまった。

見る見るうちに顔が赤くなっていく。

「……は？　ちがうし」

「……ごめん、めくるちゃん。図星だとは思わなくて」

「違うって言ってるでしょ……」

弱々しい否定を聞きながら、なんとなく黙り込む。

人のことを好きすぎでは？

気まずくなりそうだったので、その前にさっさと話題を変えた。

「『マショナさん』の現場が大変でさ。めくるちゃんだったら、どうする？」なんて相談をすると、そっけないふりをして真剣に聞いてくれる。

なんだかんだで面倒見のいい先輩だった。

隠しているつもりだろうけど、こっちが頼りにすると嬉しそうなのもかわいい。

彼女からアドバイスを受けているうちに、ミントと飾莉がやってきた。

「お待たせしました〜、あ、やすみちゃんも浴衣だ〜」

「わたしは、親がどうしても着ていけと言うから着ただけですけどね」

飾莉はシースルーのブラウスにショートパンツという格好で、髪は可愛らしくまとめていた。爽やかに涼しげで、かつ色っぽさがある。

ミントは桃色の浴衣を着ていた。子供っぽいデザインだけれど、あどけなさや愛らしさが前面に出ている。かわいい。

「ミントちゃん、浴衣かわいいねえ……」

「そ、そうですか？　ま、まぁべつに着たくて着たわけじゃないですけど」

ふんふん、と鼻を鳴らす彼女は嬉しそうだ。

気に入っているのか、褒められてご満悦になっている。

「ね〜。ミントちゃん、浴衣似合うよねえ。やすみちゃんもかわいい〜。普段、あっちの姿ばかり見てるから、なんだか新鮮かも〜」

飾莉がぼんやりと言いながら、ミントの頭を手慰みのように撫でている。

ミントは気持ちよさそうにしながら、こちらに目を向けてきた。

「わたしも知らないお姉さんかと思って、びっくりしました。歌種さんもかわいいですよ！」

「ありがとありがと」

彼女たちも、歌種やすみはギャル姿のほうが馴染み深くなってきたようだ。

ミントはしばらく撫でられて満足したあと、めくるを覗き込むように見つめた。

「柚日咲さんと御花さんは、浴衣着てこなかったんですか？　せっかくのお祭りなのに」

もったいない、と言わんばかりだ。

さっき、自分で「親に着ていけと言われた」と話したのを忘れたのだろうか。

その様子に笑いを噛み殺していると、めくるが軽く手を振った。

「浴衣、こっちに持ってきてないから。実家に行けばあるだろうけど」

「あ、そっか。めくるちゃ……、柚日咲さん、一人暮らしだもんね」

確かに一人暮らしの部屋に、わざわざ浴衣は持ってこないかもしれない。

とはいえ、あったとしても着てくれるかは微妙だ。ミントに対する方便な気がする。

「あたしもな～い。浴衣なんて、どれくらい着てないかなあ」

飾莉は穏やかに微笑みながら、ミントと由美子のほうを見ていた。

その笑顔のまま、ぼそりと呟く。

「新しい浴衣を着てる子が羨ましかったな～。恵まれてるって、自覚ないところ含めて」

「………………」

空気がピリッとする。

以前のやりとりがいやでも思い出された。

やはり、飾莉の中であれは根深く巣食っている。

けれどさすがに、それは失言だと感じたようだ。意図して言ったものではないらしい。

飾莉は殊更に明るい声を出して、人通りが多いところを指差した。

「ほ、ほらほら、早く行こうよ〜。あたし、もうお腹ぺこぺこで我慢できないよ〜。ミントちゃんだって、我慢できないって顔してるし〜」

「し、してません！　わたしは我慢できる子です！」

ミントがガーっと怒って、重くなりそうだった空気が霧散していった。

ほっと安堵の息を漏らす。

別に飾莉だって、わざわざ空気を悪くしたいわけじゃない。

飾莉の言葉を皮切りに、人の流れに沿ってお祭りへ向かう。

「縁日のほうでいいのよね。見て回って、なんか食べようか」

先頭を歩くめくるが、屋台が立ち並ぶ通りを指差した。

飾莉がお腹を擦りながら、「どれもおいしそう〜」と笑っている。

「御花はなに食べたいの？」

「あ〜、最初に粉ものとか焼きそばとかで、ある程度お腹膨らませたいですよね〜。雑に食べちゃうと、めっちゃお金かかっちゃいますし〜……」

前を歩くふたりが、そんな話をしている。

ミントはいろいろと目移りしているようだ。

その様子は、どこかのだれかさんを彷彿とさせた。

「ミントちゃんはなに食べる？　気を付けないとすぐお腹いっぱいになっちゃうから、ちゃんと選ばないとね」

「そ、そうですね……、シンチョウに……、決めます……。ええと、そうですね……。えー、あー、イカ焼きとか、牛串、とかですかね……」

「チョイス渋いね……」

「ま……、まぁ、そうですね。もう子供じゃないですし……」

その言葉尻の弱さに、そっとミントを盗み見る。

彼女の視線はチョコバナナやわたあめ、りんご飴を行き来していた。

どう見ても、イカ焼きや牛串は本命ではない。

「…………」

どこかのだれかさんのことを、いつも子供だ子供だ、なんて思っていたけれど。

あんなふうに素直に好みを言えるのは、本物の子供っぽさじゃないんだなあ、としみじみ思った。

「ミントちゃん。わたあめとかあるけど、いいの？」

「わ、わたあめぇ？　あんな甘いもの、子供の食べ物ですよ。幼稚園で卒業しましたね」

ふふん、と肩を竦めるミント。

由美子はそれを見つつ、いそいそと財布を取り出した。

「あたしは食べちゃおう。子供の食べ物好きだから」

「え！　……そ、それなら、わたしも食べましょうかね……。歌種さんに付き合います……」

ぶつぶつ言いながら、ミントはちょろちょろとついてくる。

手間がかかる子だなぁ、と隠れて笑った。


わたあめを購入している間に、めくるたちとはぐれてしまった。

どうやら先に行ってしまったらしい。

「ミントちゃん、迷子になるかもだから手ぇ繋ごう」

「え、嫌です」

「真面目に断られるの、結構傷つくんだけど……」

「嫌に決まってるでしょう。子供扱いしないでください」

「えー？　高校生、すーぐ女同士で手繋ぐよ？」

「そ、そうなんですか？」

そういう人種もいる。

由美子はそういうタイプではないが（勝手に繋いでくる女子はいるが）、ここでミントとはぐれると厄介だ。

なので、手を繋いでめくるたちを探していたが、案外すぐに見つかった。

開けた場所に簡易なテーブルと椅子が用意されており、その一角にふたりが座っている。

めくるはたこ焼き、飾莉はお好み焼きを食べ進めていた。

こちらに気付いた飾莉が、指を差しておかしそうに笑う。

「手繋いでわたあめ食べてる～。かわいい～。仲良し姉妹みたい～」

ふたりとも浴衣姿だし、姉妹っぽく見えるかもしれない。

しかし、ミントはそれが嫌だったらしい。パッと手を振り払われてしまった。

それはそれで、お姉さんショックなんだけど。

そんな気持ちはつゆ知らず、ミントは不機嫌そうに唇を尖らせる。

「御花さんこそ、歌種さんに手を繋いでもらったらどうですか！　ふらふらとどこかに行って、一番迷子になりそうですからね！」

「そうかもね～、じゃあミントちゃんと手を繋ごうかな～」

「わたしはいいですっ！」

憤慨しながらも、ミントは飾莉の隣にドカッと座る。

由美子はめくるの隣に腰掛けた。

めくるに顔を近付けて、小声でそっと伝える。

「めくるちゃん、わたあめ食べるの手伝って？」

「はあ？　なにそれ」

「口があまあまになっちゃってさあ。おじさん、サービスでめっちゃ大きくしてくれたし」

ミントは満足そうに食べていたが、単調な甘さに舌が飽きてしまった。

めくるは、はあとため息を吐く。

それを承諾と判断して、彼女にわたあめを差し出す。

豪快にぱくりと食べてくれた。

「……めくるちゃんのたこ焼き、おいしそうだねえ」

舌が甘ったるくなっていたので、ソース味が羨ましくなる。

ダメ元で言ってみると、めくるは眉をひそめた。

しかし、再びため息を吐くと、こちらにたこ焼きを差し出してくれる。

あーん、と口を開けると、その中に放り込んでくれた。

「んん、んまい。ありがとー。めくるちゃん、なんだか今日はやさしいねえ」

「べつに……、そんなことないけど……」

ぼそぼそと呟き、何やら顔が赤くなっていた。

なに照れてんだ。

というか、今ので照れるの？　大丈夫？　最近ちょっと、崩れるの早くない？

由美子が呆れていると、飾莉が楽しそうに声を弾ませた。

「あ、柚日咲さんいいな～。ね～、ミントちゃーん。あたしにもわたあめちょうだい～？」

「え、やです。自分で買ってください」

「素で断られるのはお姉さんちょっとキツいな～？」

断ってもわたあめに顔を近付ける飾莉に、必死で抵抗するミント。

めくるは保護者のように、それをそっと見守っていた。

気まずくなったらどうしよう。

そんなふうに心配していたが、何もなさそうで一安心だ。

これで少しは仲良くなれたらいいな～、なんて思いながら、残りのわたあめを口にする。

ぽつぽつと話をしながら、各々食べ進めていた。

そんな中、ミントが急に黙り込む。

手に持ったわたあめを食べ終え、残った割り箸を見つめていた。

「どうしたの、ミントちゃ～ん。まだ食べ足りないのかな～？　食いしん坊だなあ」

飾莉がからかうようなことを言うが、ミントは反応しなかった。

ゆっくりと顔を上げ、飾莉を見つめる。

その瞬間、空気が変わった気がした。

「御花さん。お話ししたいことがあるんですが、いいですか」

「……なあに？」

真面目な話をすると悟っただろうに、それでも飾莉は笑顔を崩さない。

ニコニコと笑ったままの顔が、どんどん仮面のように感じてくる。

けれど、ミントは気にする素振りを見せなかった。

まっすぐに話を進めていく。

「この前は、失礼なことを言ってすみませんでした。ムシンケイなことを言いました」

「え～？　べつにいいって～。気にしてないよ～」

やはり、あのときのことだ。

飾莉は前と同じように躱そうとするが、ミントは意に介さない。

もしかしたら、本当に聞いていないのかもしれない。

用意した言葉を必死で並べているのか、たどたどしく話を続けた。

「わ、わたしは、御花さんのことを知らなくて、傷つけることを言いました。でも、御花さんもわたしのことを何も知らないです。だから、わたしのことを知ってください」

ミントは一生懸命話している。

しかし、要領を得ない話にちょっと混乱する。

どういうことか、と問いかけるよりも早く、ミントは吐き出すように話し始めた。

「わたしは――、恵まれています。親の七光りで子役デビューして、いっしょに声優も始めました。母はすごく、厳しかったです。わたしを一人前の役者にしたかったんだと思います」

それは一見、自慢話のようで。

全くそんなふうには聞こえない話だった。

そこから続く言葉に、不穏な空気を感じる。

ミントは、言い慣れない言葉を上手く言えない。よく詰まっている。

しかし、『親の七光り』という言葉は――、すんなりと、馴染んだ言葉のように口にした。

双葉スミレ。

大女優である彼女と、ミントはデビュー作のドラマで親子共演している。

双葉スミレは現在もドラマや映画で活躍しているが……、ミントの姿は今はない。

「でも今は、何も言われません。何も言ってくれません……。前はあんなに厳しかった母が、わたしがどんな演技をしても、どんな役でも、笑ったまま何も言ってくれないんです……」

ミントの声に力がなくなる。

言葉のひとつひとつに滲む虚しさに、胸が詰まりそうになった。

その言葉の意味を、考えるのは辛い。ここにいるのは全員役者なだけに。

「それは……。お母さんが指摘しなくても、ミントちゃんができるようになった、ってことじゃないの」

めくるが苦し紛れのように問いかける。

そこでようやく、ミントはちょっとだけ笑った。

寂しそうに首を振る。

「お母ちゃんが納得する演技ができていたら、わたしは今頃、子役じゃなくて女優って呼ばれてます。それができなかったから……、わたしはもう、〝元〟子役なんです……」

「…………………」

めくるは何も言えずに黙りこくる。

わかっていたことだった。

彼女に女優としての才能があるなら、今だって双葉スミレの隣にいたかもしれない。

ミントは小首を傾げて、皮肉っぽい笑みを浮かべた。

「この仕事だってそうです。わたしは芸歴八年目ですけど、まだ小学生で……。ライブで歌ったり踊ったり、アイドル声優っぽいお仕事は、昔のお母ちゃんならダメって言うと思います」

……それは少し、引っかかっていたことだ。

アイドルの中には、幼い頃からステージに立つ子もいるけれど。

声優では、珍しい。

こんなに幼い子といっしょにステージに出るのか……、と思ったのは確かだ。

ミントは目を伏せて、再びぽつぽつと語る。

「マネージャーさんも困ってました。でも、わたしがこの仕事をどうしても受けたいって言ったから……。カクゴして、お母ちゃんに言ってくれたんです。『こういう仕事があるんですが』……、って。セットクしてくれようとしたんです……。でも……」

「……お母さんは、何も言わなかったの？」

おそるおそる尋ねると、ミントは視線を動かした。

「……『したいようにすればいいよ』って言われました」

「…………」

その言葉はやさしく聞こえるだけで、違う感情が見える。

諦め。諦観。したいようにすればいい……、好きにすればいい。

そう言われたとき、ミントはどんな気持ちだったんだろうか。

ミントは目を伏せたまま、唇を噛んだ。

「お母ちゃんはわたしを見放したから……。わたしは使われなくなりました。『双葉スミレの子供だから』『子役だから』が、なくなっちゃったからです」

ミントの目が、揺れる。

そのまま泣き出しそうな彼女に、思わず問いかけた。

「だから……、ミントちゃんは声優に専念したの？」

それで道が開けたのなら――、と思っての言葉だったが、ミントはなぜかビクッとした。

　ぎゅっと手を握って、辛そうな声を上げる。

「そうです……、今は声優一本になりました。そ、それで、女優から、逃げた、と思われていることも知ってます」

「いや、そんなことは……」

　由美子の言葉に、ミントはぶんぶんと頭を振る。

「ほかの人に、声優舐めんな、ってわるくち言われてるのも知ってます……。だけど、そうじゃなくて……っ、わたしは、声の演技が、大好きだから……っ、すごいって思うから……っ」

　手を力強く握ったまま、ミントは涙をぽろぽろとこぼしていた。

　何度もしゃくりあげていたが、袖でぐしぐしと涙を拭く。

　そこで顔を上げた。

　飾莉をまっすぐに見つめる。

　飾莉は表情を失い、ただ黙ってミントの話を聞いていた。

　そこで目を合わせられ、怯んだような顔になる。

　それを意に介さず、ミントは続きを口にした。

「わたしは、お母ちゃんと別の道をいきます。お母ちゃんは女優、わたしは声優です。この世界なら、わたしが大きくなっても、双葉スミレが見放しても……。声があれば役者でいられます……。七光りも年齢も関係がないんです。この、声優の道なら」

その瞳が、彼女の芯の強さを語る。

小さな身体に宿る固い意志に、飾莉は気圧されていた。

いやおそらく、その場にいる全員が。

双葉ミントが持つ強い想いを、知らなかった。

ただ、それまで熱っぽく話していたミントが、辛そうに笑う。

「……御花さんに、知ってほしかったんです。わたしは恵まれています。でも、御花さんと同じで、わたしも親には期待されてないです。そこは、いっしょです」

……ミントが言っていることは、子供じみたものだと思う。

親に期待されないのはいっしょだ、と言っても、それで飾莉が楽になるわけではない。

しかし。

どこからどう見ても、子供にしか見えない目の前の少女が。

はっきりと『わたしは親に期待されていない』と口にするのは。

そこに至ってもなお、役者であろうとする気持ちは。

飾莉の心に強い衝撃を与えたのかもしれない。

飾莉は固まっていた。

ミントの顔を見つめたまま、思い詰めたように黙り込んでいる。

「御花」

めくるが、飾莉の背中をとん、と叩く。

それでようやく我に返ったらしい。

飾莉は目をパチパチさせて、めくるのほうを見た。それからミントに視線を戻す。

そして、寂しそうな笑みを浮かべた。

「ん……。そうだね、ミントちゃん。わたしといっしょだ」

「はい。いっしょです」

「ありがとう、ミントちゃん。聞けてよかった。それと、いろいろごめんね」

「いえ……、こちらこそ、です……」

そんなことを言い合って、笑っている。

今までと違い、表面だけのやりとりではないように感じた。

……あのときのことを、ようやく水に流せたのだろうか。

飾莉がぱっと顔を上げて、こちらに向かって苦笑を見せた。

「あ、ごめんね～。やすみちゃんも、柚日咲さんも。変な空気になっちゃったかも～」

元通りの調子で、飾莉は笑みを浮かべる。

しかし、反応に困るというか、なんというか。

一方めくるは、さらりと答える。

「いいんじゃない。歌種だって、この集まりを提案した甲斐があったろうし」

「え。……あぁ、まぁ。そうね」

突然、しれっと話を振ってくるめくるに戸惑う。

確かに、仲良くなってほしいな～、と思ってはいたけれど。

ミントが勇気を出して、己の気持ちを話すとはとても予想できなかった。

「歌種さん」

ミントが顔を近付けて、こそっと囁いてくる。

「御花さんと話せてよかったです。歌種さんには……、か、感謝してあげます」

「いーえ。ミント先輩のお役に立てて、何よりですよ」

そうこうしているうちに、激しい太鼓の音が響いてきた。

真面目な話をしていたけれど、今はお祭りの真っ最中だ。

まるで楽しい気分を取り戻すように、ミントが声を張り上げた。

「さ、お祭りはこれからですよ！　せっかく来たんだから、楽しみましょう！」


そのあとは、特に問題が起こることもなかった。

微妙な空気はすっかり払拭され、楽しんでお祭りを回れたと思う。

別れ際も、みんな笑顔だった。

めくるは仕事、飾莉はバイトがあり、ミントは晩ご飯までに家に帰るということで、夕方には解散した。

しかし、なんとなく帰る気が起きなくて、由美子はぼうっと歩いていた。

考え事がしたかったのかもしれない。

お祭りはまだまだ賑やかで、祭囃子がずっと遠くで流れている。

喧騒から離れた静かな道を、とぼとぼと歩いた。

「結果的に……、よかったんだよね、これで……」

元々今日は、親交を深める目的で集まった。

途中でミントが胸の内を晒し、飾莉とのわだかまりも解消された。

みんな仲良く、楽しんで遊ぶことができた。

だから、今回のことは成功と言えるんだろうけど。

「んー…………」

せっかくセットした髪を、ぐしぐしと掻く。

「リーダーって、なんだろうねぇ……」

プロデューサーに言われて、こんなふうにやってはいるけれど。

無力感に苛まれる。

何もできていない。

何も。

今日のことも、あのふたりがわだかまりをなくすために動いたから、上手くいっただけだ。

ミントが勇気を出して謝り、自分の境遇を語ったから。

決して論理的でなくとも、飾莉がミントの謝罪を受け入れ、歩み寄ろうとしたから。

元々このふたりが衝突したときも、自分は何もできていない。

近くであわあわしていただけだ。

人付き合いが得意だと思っていたけど、そんなのはすべて幻想だったのではないか。

驕りだったのではないか、と落ち込んでしまう。

リーダーらしいとは、とても言えない。

「渡辺は……、ちゃんとできてるのかな……」

あっちのユニットはどうだろうか。

どうしても考えてしまう。

千佳本人に「そっちはどうなの？」とは聞きづらかった。

だから『ティアラ』に関する話は、千佳とはほとんどしていない。

〝アルタイル〟の内情を、ほかの人から聞くことはあっても。

千佳本人にリーダーとしての話をしたことは、一度もない。

だから。……だから。

「え——……、これマジ——……？」

ふと湧いてきた感情に気付いて、そんな言葉が漏れてしまう。

いや、だって。

だって、これは。

「あ——……」

思わず、顔を覆う。

信じられない、と思いつつも、決して否定できない。

湧いてきた感情は、たったひとつ。

たったひとつだ。

今。

千佳に、会いたかった。

会って、話をしたかった。

学校やコーコーセーラジオの収録、『マショナさん』関連で、会う頻度はむしろ上がっているというのに。というかそもそも、自分たちは仲が悪いっていうのに。

今すぐに、千佳と会いたいと思っているのだから。

どうなってるんだ、という話だ。

勝手に会いたくなって、勝手に赤面して。

でも、言いたかった。

『こんなことがあって、リーダーはぜんぜん上手くいかなくて参っちゃうよ。そっちはどうなの？　ちゃんとリーダーできてる？』なんて、弱音を吐いて。相談して。

思いを共有したい、なんて思ってしまった。

弱ってるなぁ、と自分に苦笑いするしかない。

せいぜい頭を冷やしてから帰ろうかな、と再び歩き出す。

せめて、「千佳に会いたい」という気持ちをごまかすまでは。

「あれ、佐藤？」

そんな声が聞こえて、心臓が口から飛び出すかと思った。

というか、何なら幻聴かと思った。

幻聴なら幻聴で、本当にいよいよだな、という感じだが。

「渡辺……」

果たして、渡辺千佳はそこにいた。

薄いピンクのトップスに、ロングスカートという私服姿だが、千佳だ。

まさか、こんなところで会うなんて。

千佳が声を掛けてきたのも、思わず、といった感じだった。

「なに？　もしかして、撮影かなにか？」

千佳はこちらに寄ってきて、きょろきょろと辺りを見回している。

由美子が声優のときのメイクと髪で、浴衣姿だからだろう。

「……あー、近くでお祭りがあったからさ。ユニットのみんなで集まってたの」

「ふうん。交流を深める、って感じかしら」

いつもならば、ここで何かしら突っかかってきてもおかしくないのだけれど。

千佳は「そういうのもあるのね……」と顎に指を当てていた。

こちらとしては、まだこの偶然に思考が追いつかない。

だって、『会いたい』と思っていたら、目の前に本人が現れるなんて。

信じられなくて、思わず問いかけてしまう。

「渡辺は。なんでこんなところにいるの」

「収録。少し歩いた先に、スタジオがあるから」

彼女が遠くを指差した。

この近くにスタジオがある、というのは聞いたことがある。

行ったことはないけれど。

視線を千佳に戻す。

すぐ目の前に、千佳の小さな身体がある。

長い前髪も、その奥の鋭い眼光も、いつも見ているものだ。

だけど、なぜか物凄く久しぶりに見た気がしてしまう……。
なんとなく、今までユニットの話はしてこなかった。
ライバル同士だから、勝負する相手だから、相手に弱みを見せたくないから。
いろんな思いが絡み合った結果だが、今はそれが綺麗に消えていた。
話したい。
千佳と、話したい。
そんなふうに強く思ってしまう。
「あー、渡辺」
声を掛けると、彼女の瞳がこちらを向く。
あとはたった一言、付け足せばいい。
ちょっと話さない？　と一言発して、彼女が応じれば望んだ状況になる。
しかし、なぜか言えなかった。
今まで、どんな人にでも声を掛けてきたっていうのに。
ここにきて、言葉に詰まってしまう。
すると千佳がこちらを見上げて、こう呟いた。
「ちょっと、話さない？」

「ラムネあったから、買ってきた」

近くの公園に屋根付き休憩所があり、千佳はそこの椅子に腰掛けている。

飲み物があったほうがいいだろう、と屋台でラムネを二本買ってきた。

氷水につけてあったので、キンキンに冷えて水滴もついているのがまた乙だ。

千佳は不思議そうにしながら、それを受け取った。

「ありがと……」

千佳は怪訝そうに、瓶を口に運んだ。

しかし当然、そのままじゃ飲めない。

「？　……？　…………？」

千佳は何度も首を傾げ、ラムネ瓶を見つめている。

「いや、お姉ちゃん。開けないと飲めないよ」

「開ける……？」

千佳はペットボトルの蓋を開けるように、瓶の上部を回そうとした。

「渡辺、ラムネ飲んだことないの？」

「ない……」

初めて見るおもちゃのように、しきりに触ったり、眺めたりしている。

「しょうがないな。千佳ちゃん、貸して」

手を出すと、素直に差し出してきた。

手早く開ける。

プシュッという小気味いい音と、ビー玉がコトン、と落ちる音がした。

「おお……、すごいわね……。これ、どういう構造……？」

千佳は不思議そうに目を輝かせて、ラムネ瓶を受け取った。

「中からビー玉で蓋してあるんだよ。だから、ビー玉を落とすと飲めるようになるっていう」

「は？」

千佳は眉をひそめて、こちらを見つめた。

「なにそれ……。なんでそんなややこしい構造に……？　ペットボトルでいいじゃない……。この時代に、あえて飲みにくくする意味がわからない……」

「風情がないな、あんたは……」

呆れつつ、自分の分のラムネも開けた。

それをふたりで、しばらく楽しむ。

遠くから祭りの喧騒が聞こえてくるが、ここまでは人もやってこない。

夕陽が沈んでいくのを眺めながら、時折、ラムネ瓶のビー玉を転がしていた。

「どうなの、そっちは」

主語のない、曖昧な問いを千佳に投げる。

けれど、千佳にはちゃんと伝わっているはずだ。

彼女がこうして話そうとしているのは、ユニットのことしかありえないと思ったから。

由美子が話したいと思ったように。

千佳も話したいと思ったから、あんなふうに声を掛けてきたのだ。

千佳はすぐには答えず、ラムネ瓶を傾けていた。

やがて、小さく息を吐く。

「いろいろと難しいわ。後輩のこともあって、ちょっとね」

「え。そうなの。そっち、すっごく順調そうに見えたけど」

「外から見るとそうなのかしらね」

ふっ、と小さく笑う。

その表情は参っているように感じられて、驚く。

全体練習のときは、何も問題はなさそうだったのに。

「羽衣さんがね。昔のわたしといっしょなのよ。実はそれで――」

しばらく、千佳からユニットでの問題や、悩みを聞いていた。

それに関して、こちらが何か意見を言うことはなかったけれど。

千佳自身も、特に意見や言葉を欲しているわけじゃなさそうだった。

「そっちは？　わたしからすると、佐藤のほうがよっぽど順調そうに見えるけれど。仲もよさそうだし」

「外から見ると、そんな感じなんだなぁ……」

同じことを言う。

お互いに、「きっと向こうは何も問題なく、上手くいっているはずだ」と思っているのが、どこかおかしかった。

こちらも悩みや問題を口にしていく。

千佳も特に意見を言うことはなく、ただただ黙って聞いているだけだったけれど。

それなのに、随分と気が楽になったのが不思議だった。

なぜか、久しぶりにこうして話した気がする。

だからだろうか。

やっぱりちょっと、嬉しかった。

そのせいか、素直に気持ちを吐露してしまう。

「でも渡辺、頑張ってると思うよ。本当はこういうの、苦手だと思うんだけど。後輩の結衣ちゃんを頼って、お手本見せてもらったりさ。いろいろやってんじゃん。偉いよ」

前を向いたまま、決して顔を見ずに言う。

それは千佳も同じだ。

声の方向から察するに、彼女も前を見ながら口を開いている。

「当然でしょう。あなたが相手なんだもの」

「うん」

「あなたに負けたくないから、苦手なことだってやってやろうと思えるのよ」

「うん……」

そうだよなぁ、と呟きたくなる。

お互い、そのために頑張っている。

弱気になっている暇なんてない。

負けたくない、という思いを抱えて、前に進めばいいだけの話だ。

「…………」

なんだか、千佳と話せてすっきりした。

あんなにうじうじと悩んでいたのに、今はびっくりするくらい前向きになっている。

しかし、それを言葉にするのはさすがに気恥ずかしい。

だから静かにこの時間を楽しんでいたのだが、千佳が「ん？」と声を上げた。

「確かにわたしは、自主練で何度か高橋さんを頼ったけれど。その話、佐藤にしたかしら」

「…………」

してない。

墓穴を掘った。

前に彼女たちを覗き見したから知っているだけで、千佳は話題には出していない……。

しかし、正直に「覗きました」とは言えない。強引にごまかす。

「結衣ちゃん、すごい才能だよね。演技もダンスも、一級品っていうかさ」

かなり無理やりだったが、これが思ったよりも効いてしまった。

千佳はしんみりと「そうね」と呟く。

思うところがあるのだろう。

演技を真似され、ダンスでも差を見せつけられた相手と、千佳はいっしょにいる。

それでも結衣に力を借りているのは、素直に偉いと思った。

「…………」

考えることも、乗り越えなきゃいけないことも、盛りだくさんだ。

『マショナさん』の現場はぐちゃぐちゃだし、結衣は夕暮夕陽を超えてくるし、由美子の進路は答えが出ないし。

それに加えて、今回のことがあるからもう大変だ。

でもせめて、今このときくらいは気を抜いていたい。

だから、もっと別のことを口にしようと思う。

「渡辺って、お祭りは行ったことあんの」

千佳はこちらを見たあと、小首を傾げた。

記憶を探るように、視線を彷徨わせる。

「小さい頃は……、何度か行ったことあるような、気がするわ。あまり覚えてないけれど」

「寄ってかない？　渡辺、お祭りとか好きそうだし」

千佳は軽く目を見開く。

そして、すぐに祭囃子が聞こえるほうに顔を向けた。

その目が途端に輝き始める。

「お祭りには、普段なかなか食べられないものがあるのよね……。わたし、あれ食べてみたかったの……、りんご飴とかチョコバナナとか……、あ、あと焼きとうもろこし！」

千佳は「行く」と返事をする前に、立ち上がってしまう。

そして、早く早く、と言わんばかりに指を差した。

「行くなら早く行きましょう。回るなら、いろんなものを見てみたいわ。あ、佐藤！　射的やりましょう、射的！」

「はいはい」

苦笑しながら立ち上がった。

こっちの子供っぽい子は、やりたいことを素直に言ってくれるから助かる。

「あーもー、お姉ちゃん。あたし、浴衣なんだからさー。あんまり早く歩かないでよ」

さっさと歩き出す千佳を追いかける。

彼女はこっちの声を聞いているのか、いないのか。

振り向くと、興奮気味で口を開いた。

「そうだ、佐藤！　金魚すくい、金魚すくいもやりましょう！」

「えー？　金魚持って帰ったら、絶対ママさん渋い顔するってー」

そう返事をしつつ、思わず笑ってしまう。

その背中を追いかけて、由美子もぱたぱたと走り出した。

Tiara★Stars★Radio 第6回

「みなさん、ティアラーっす！　海野レオン役、歌種やすみです」

「みなさん、ティアラーっす。和泉小鞠役、夕暮夕陽です」

「と、いうわけで始まりました、第6回『ティアラ☆スターズ☆レディオ』！　今回はこのふたりで、やっていきたいと思いまーす」

「はい。わたしは今回、このラジオに初めて出るのだけれど……。ラジオの相方に全く新鮮味が感じられなくて、とてもガッカリしているわ」

「は？　あたしのセリフなんですけど？　あたしがパーソナリティのときに来るんじゃないよ。気遣いとか知らない？　あ、聞いたことない？　そうか、ごめんね。今度辞書貸すわ」

「出たわ。あなたのそういうところ、本当に嫌い。そもそも、あなたがこのラジオに出すぎなんでしょうに。大体いるじゃない」

「うるさいな。スケジュールの都合で、最初のほうに固まってるだけだよ。来週から出ないし。そのうち、あんたが連続で入るかもよ」

「あらそう？　それならあなたと被らなくて、快適でいいわね。もうこれ以上、あなたと話す機会なんて増やしたくないし」

「こいつ……。え、なんですか、作家さん。……『ちょっとホーム感が出すぎ？』。あ、ごめんなさい、確かにこれ、何も知らない人が聞いたらびっくりするな……」

「ん。じゃあこういうお便りも届いているから、読むわね。えー、ラジオネーム、〝おっさん顔の高校生さん〟」

ティアラ☆スターズ☆レディオ！

「ホームみを増すんじゃないよ。作家さんもさっきのフリでしょ。随分丁寧なフリだな」

「『夕姫、やすやす、ティアラーっす！　おふたりがこのラジオに出演されるということですが、夕姫とやすやすが揃うラジオはもう〝夕陽とやすみのコーコーセーラジオ！〟感が出すぎだと思います！』」

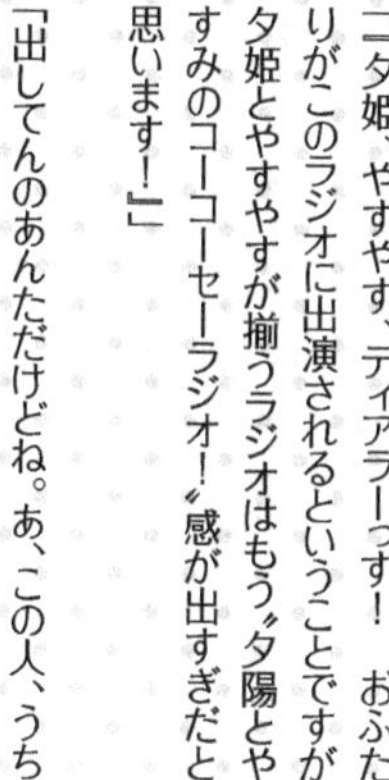
「出してんのあんただけどね。あ、この人、うちのラジオの常連なんです。すんません」

「はい。このメールのとおり、わたしたちは既にふたりでやってるラジオがありまして。そっちではちょっと、まぁ。さっきみたいな感じで、ちょっとお口がね」

「悪くてね。口も悪いし、仲も悪いラジオをやってます。そのせいでちょーっとだけ、こっちのラジオでも険悪になるかもしれませんが」

「いつものことなので、ご了承ください。ここは作品を背負っているラジオなので、できるだけ大人しくするつもりですが。まぁそこは、このお猿さん次第ですね」

「だれが猿だ。早いんだよ、フラグ立てるのと回収が。伏線張るのが苦手なんだったら、もう張らないでくんない？　大体――」

to be continued……

オッケーでーす、という言葉が聞こえて、由美子はイヤホンを外した。
いや、あれでオッケーなのか？
そんな疑問はありつつも、ほっと息を吐く。
今回の『ティアラ☆スターズ☆レディオ』は、いつもと様子が違った。
今までのパーソナリティとのラジオとは、全くの別物だ。
目の前にいる少女が、もう何十回と収録を繰り返してきた相手だからだ。
夕暮夕陽。
ブース内に見慣れた相方がいるせいで、別のラジオ収録であることを忘れそうになる。
ここに朝加がいれば、コーコーセーラジオの風景と変わらない。
そのせいで、ようやくわかった。
今までずっとあった、違和感の正体が。
ほかの人たちとやっていて、なんだか首を傾げてしまう理由が。
しかしそれを違和感と言うには、あまりに自分本位すぎる。
「……？　なによ、佐藤。変な顔をして」
「いや……、なんでも、ない……」
収録中に気付いてしまったせいで、表情がおかしなことになりそうだった。
無事に終了まで保つことができたが、今は油断してつい力が抜けた。

表情を隠すために口を覆う。

千佳と収録していて、感じたことがひとつある。

それは。

『あー、しっくりくる……』

会話の流れ、メールの入り方、相手に話題を振るときの空気、話題を終えるタイミング、話の入り口から着地点まで。

それぞれが流れるように進んでいき、非常にすんなりと終わった。

言葉を投げれば、欲しいものが返ってくることが多く。

千佳の言外の要求にも、ごく自然に応えられた。

もちろんめくるや花火のように、熟練者とやると物凄くやりやすい。

ミントのように、失点をせずに安定感を求める相手だと、やっていて負担を感じない。

飾莉のような新人相手でも、あれはあれで何か起こりそうなハラハラ感がある。

夕暮夕陽とやるラジオが、百点満点だとはとても言えない。

言えないけれど。

それでも驚くほどの安心感、ほっとする感じがどうしても心地よかった。

それがごくごく当たり前だったから、今まで気付かなかったけれど。

「お疲れ様でした」

千佳は席を立ち、早々にブースを出ていく。収録後の雑談も、大した挨拶もない。
祭りでのやりとりがイレギュラーなだけで、普段はあんなに話すこともない。
だけどそれでも、気持ちが満たされてしまった。
あれからというもの、練習により身が入った。
自主練に行く回数がさらに増え、時間も延びている。
ライブ本番が近付くにつれ、レッスンも熱が入っていた。
お互いに肩の荷を下ろし、改めてゴールに向かって駆け出している。
さぁこれからだ。
……そんなふうに思うものの、やらなければいけないこともある。
「ん……」
スマホが震える。
珍しく、めくるからメッセージが届いた。
そこに書いてあるのは以前約束した、交換条件の話だ。
その詳細。予定。場所が書かれている。
祭りの日、別れ際にめくるからはこう言われた。
「歌種。約束は守りなさいよ」
約束。

彼女と交わした、『ひとつだけなんでも言うことを聞く』という話だ。
その条件と引き換えに、彼女は祭りに来てくれた。
しかし、めくるから聞いた要求は、なんとも妙ちきりんなものだった。
何なら、冗談の類ではないか、とさえ思っていたのだけれど。
めくるはこれ以上ないほど、本気だったらしい。

と、いうわけで。
めくるとの交換条件を果たすために、指定されたビルの一室にやってきた。
めくるがわざわざ、レンタルスペースを借りてくれたらしい。
そういう前準備はすべてめくるがやってくれた。
さすがに悪いので、手伝うし、お金も出すと申し出たのだが、彼女の言い分はこうだ。
『いい。わたしがやる。これは声優の仕事じゃない』
あなたも声優なんですけれども。
そう指摘したかったけれど、これは柚日咲めくるとしての行動ではない。
今から行く場所に、声優・柚日咲めくるはいないのだ。
扉の前に立ち、こんこん、とノックする。

すると、「は、はいぃっ！」という裏返った声が聞こえた。
調子が狂う……、これ本当にどういうこと……？
そう思ってしまい、慌てて人差し指を口の端に当てた。
自分はプロだ。
そう言い聞かせ、満面の笑みで扉を開ける。
「わ――――――――ッ！」
入った途端、歓声が上がった。
部屋は、ごくごく普通の会議室。ホワイトボードや椅子が並び、長机もある。
防音の部屋を選んだらしいので、由美子は慌てて扉を閉めた。
部屋の奥に、ひとりの女性が立っている。
黒いパーカーに黒いキャップ、大きな眼鏡とマスクを着けた小柄の女性。
「…………」
彼女のそんな姿を見て、危うく冷静になりかけた。
「やすやす――っ！」
大興奮で叫んでいる女性は、言わずもがな柚日咲めくるその人である。
今の格好は、彼女が正体を隠してファン活動をするときのものだ。
ハートタルトのお渡し会でも、一度遭遇している。

そこでめくるの正体を見破り、今の交流が始まったわけだ。
「やすやす、かわいい――っ！」
眼鏡とマスクでほとんど顔が隠れているにも関わらず、満面の笑みと興奮が伝わる。
ぶんぶんと両手を振って、感激のあまり声が高くなっていた。
彼女はただの熱烈なファンだ。
よって、柚日咲めくるはここにいない。
そして、佐藤由美子もここにはいなかった。
今、由美子は歌種やすみの姿でこの場に来ている。
髪をまっすぐに流し、ナチュラルメイクと白いワンピースで清楚な感じに。
イベントや番組、ファンの前に出るときの格好だ。
そして、長机を挟んでめくると相対している。
現在、この場にいるのは声優・歌種やすみと、一般女性のファンのふたりである。
この状況こそが、めくるが要求した「願い事」だった。
『ファンと声優という関係で集まって、いっぱいファンサービスしてほしい』
なんて？
これを大真面目に要求されたとき、意味がわからなすぎて聞き返した。
めくるはこう主張する。

『あんたたちに正体がバレたせいで、わたしはやすやす、夕姫と交流するイベントにはすべて行けなくなった』

『まぁそうだね。来たら、『めくるちゃん何やってんの』ってなるからね』

『そうなるでしょ。演者の邪魔になるのは、ファンとしては絶対に避けたい』

『あぁそっちの心配……？　めくるちゃん、ファンのときは本当に義理堅いね……』

『でもやすやすには会いたい……。だから、何も気にしないところで、力いっぱいやすやすと交流したいのよ』

『今、目の前にいるのもやすやすなんだけどね？』

そんなこんなで、こういう場が設けられた。

一般女性・藤井さんは、本当に嬉しそうに手を振っている。

うっかり冷静になりそうな心を押し込んだ。

あちらがただのファンとして来るのなら、こちらも全力で応えなければならない――っ！

「わー！　こんにちは！　女の子だー！　来てくれて嬉しいな～」

手を振りながら彼女に近付くと、めくるはすぐには返事をしなかった。

真っ赤な顔で固まっている。

興奮と嬉しさのあまり思考がフリーズしているのが、言葉がなくともわかった。

しかし、すぐに鼻息荒く口を開く。

「やすやす大好きですす会えてすごく嬉しいですすファントムの演技最高でした感動しました震えましたさすがやすやすですずっとやすやすを追いかけてきましたけどみんなにやすやすの凄さが伝わって本当に嬉しいです最高です大好きですずっと応援してます頑張ってください！」

もはや呪文か何かのようだ。

早口で言葉を回し続けるめぐるだが、きちんと聞き取れるのがすごい。

今回は剝がしもいないのだから、普通に話してくれていいような気はするけれど……、もう習慣付いているのかもしれない。

「うん、ありがとう！　すっごく嬉しい！　これからも応援してね。あたしも大好きだよ～」

「…………っ！」

なんとなく、自然と手を取ってしまった。

順番待ちもないし、相手が女の子ということもあって、つい。

手を握ると、彼女の身体からはふにゃふにゃと力が抜けていった。

何とか両手で握り返してくるが、その手にも全く力が入っていない。

まるでマシュマロか何かでも握るかのようだ。

「あ、ありがとうございます……っ、もう、きょ、今日死んでもいいかも……」

耳まで赤くなった顔を伏せて、そんなことを言う。

彼女の場合、本気でそう思っていそうだ。

めくるはしばらく足をぷるぷるさせていたが、真っ赤な顔を上げた。

意を決したように口を開く。

「あ、あの……、じ、じつはきょう、おねがいがあって……、もし……、よければ、なんですけど……」

「うんうん、なあに？」

「写真……、いっしょに撮って……、もらって、いいですか……」

「写真？」

「あっ！　ダメならいいですごめんなさい調子に乗りました！」

めくるはぱっと手を離して、壁際まで逃げて行ってしまう。

確かに、普通のイベントでは写真を撮るなんてことはできない。

しかし、今は時間もあるわけだし、ていうかプライベートだし。

声優同士で写真を撮るだけなのに、一瞬考えてしまった。

まぁ今この場は相当おかしい状況だから、混乱するのも無理ないのだが。

「ぜんぜんいいよ！　撮ろっか」

由美子が快諾すると、めくるの表情がぱあっと明るくなった。

とても可愛らしい。いいファンだなぁ、と心から思う。

心から思うが、なんだこれ、と我に返りそうにもなる。

めくるが見慣れたスマホを取り出したせいだ。

いかんいかん、と歌種やすみであることに集中した。

「ん？　そうやって撮るの？　こうやって撮るほうがよくない？」

めくるは机の上にスマホを載せて、タイマーで撮ろうとしていた。

ほかに撮れる人がいないからだろう。

でもそれなら、インカメラにすればいいのではないか。

そう提案すると、めくるは真っ赤な顔で両手を突き出した。

「い、いやいやいやいやいや！　そ、そんな！　そんな近い場所で撮ってもらおうだなんて、そんな、そんなおこがましい真似、できません……！」

「なーに言ってんの。せっかくなんだから、いっしょに撮ろうよ。ほらほら」

強引に肩を抱いて、めいっぱいくっつく。

その途端、めくるの顔は湯気が出そうなほど赤くなり、目がぐるぐるし始めた。

肩を離したら、へなへなと座り込んでしまいそうだ。

「あ、写真撮るからマスク取ったら？　ええと……、なにちゃんって呼べばいい？」

「あ、杏奈っていいますぅ……」

杏奈っていうのか。かわいい名前してんな。

前に下の名前を訊いたときはぜんぜん教えてくれなかったけれど、今だったら貯金残高だって教えてくれそうだ。

彼女はよろよろとマスクと眼鏡を外し、カメラに向かって気の抜けた笑みを浮かべた。

ふにゃふにゃとした笑顔を横に、由美子も満点の笑顔を作る。

「はい、杏奈ちゃん。撮るよー」

「は、はいぃ……」

すっかり骨抜きになっためくるの返事を聞きながら、シャッターを切った。


「ありがと――！　やすやす、大好き――――――――っ！」

大歓声に手を振り返しながら、由美子は扉に向かって歩いていく。

退場の時間だった。

そのまま部屋から出ていって、ゆっくりと扉を閉める。

めくるの興奮した声は、それでもう聞こえなくなった。

イベントは終了した。

静かな廊下でひとり、扉をじっと見つめる。

「…………。これで、よかった……、んだよな……？」

思わず、扉を開けて「めくるちゃん、これでいいの？」と尋ねたくなる。

しかし、部屋の中にいるのはめくるではない。藤井杏奈ちゃんだ。

イベント後の余韻を邪魔するのは忍びないし、現実に戻すのも申し訳ない。

今日のことは、あくまでファンとの交流だった、と割り切るべきだ。

だが、後日。

めくるには尋ねられないので、代わりに花火に訊いてみたところ。

イベント後もたいそう大騒ぎだったそうなので、成功ということでよさそうだった。


学校からレッスンルームに直行し、自主練をしてから家に帰る。

仕事がない日はそれが日課になっていて、その日も十二分に練習をしてきた。

そんな日の、お風呂上がり。

リビングでスキンケアをしながら、スピーカーフォンにしたスマホで雑談に興じていた。

相手は若菜だ。

『でさー、修学旅行の自由行動、なにするか決めなきゃなーって』

「あー、そーね。でも、京都で自由にしていいって言われてもなー」

『ねー。京都って寺以外なにがあんだー？』

化粧水をぺちぺちと顔に染み込ませながら、なんとなく視線をテレビに移す。

何かのバラエティ番組が映っていた。派手なセットにタレントが並んでいる。

ゲスト紹介で好きな歌手が出ていたので、おっ、と注目した。

しかし、すぐに別のゲストにカメラが移ってしまう。

そこで仰天した。

見覚えのある顔が、カメラに向かって手を振っていたからだ。

『はーい、声優の桜並木乙女ですー。よろしくお願いしますー』

「え、えぇ!?」

『うわ。どしたん、由美子』

通話中だというのに、思わずおかしな声を上げてしまった。

混乱したまま、何とか言葉を返す。

「いや……、声優の先輩が地上波に出てて、ちょっとびっくりした……」

『え、すごいじゃん。テレビ出てるの？ 渡辺ちゃん？』

「いや、渡辺じゃないし、あいつは後輩だけど」

『渡辺ちゃんは自分のほうが由美子より先輩だ、って言ってたけど』

「それはあいつが勝手に言ってるだけ」

話しながらも、テレビから目を離せない。

何せ、しょっちゅういっしょにいる身近な人が、テレビの中で笑っているのだ。

そういう経験は皆無ではない。

けれど、アニメも作品も全く関係のない、普通のバラエティ番組に突如登場するのは結構びっくりした。

乙女の隣にいるのも、有名な俳優や歌手だ。

『あー、でもアレだよね。最近、声優さんがテレビ出てること多いよね』

若菜の認識でもそうらしい。

しかし、それらに出ている声優はごく一部だ。

そのごく一部に、乙女がさらっと入っていることに震える。

テレビの中で明るく笑う姿は、とても眩しかった。

「やっぱ姉さんはすげえなぁ……」

今度、会ったときにいろいろ話を聞こう、とひとり頷く。


今週のコーコーセーラジオを録り終わり、スタジオの廊下を歩いている最中。

「あ！　やすみちゃーん！」と明るい声が響いた。

振り向くと、綺麗な女性がパタパタと手を振っている。

さらさらとした髪を揺らし、端整な顔立ちが眩い笑顔を作っていた。

そこだけ花が咲いたようにぱっと明るくなり、由美子の心もほわっと温かくなる。

服装はグレーの薄手のニットにカーディガンを羽織り、下はベージュのロングスカート。

清楚で落ち着きのある姿に、おお、かわいい、と目が惹かれる。

彼女の名前は桜並木乙女。

トリニティ所属の大人気声優である。

さすがにテレビで観たときほど着飾ってないものの、輝きは衰えていない。

こちらも「乙女姉さんっ」と声が弾み、お互いに駆け寄る。

ぱたぱたと「偶然〜っ」と手を触れ合った。

「姉さんもラジオ？　今終わったの？」

「そうそう。やすみちゃんも収録終わり？　予定空いてるなら、このあとご飯行かない？」

とても嬉しいお誘いを受ける。

せっかく会えたのだし、どこかでご飯でも食べながらおしゃべりする、というのは非常に魅力的な提案だ。

しかし。

「あー……、でも、レッスンが」

頭に浮かぶのは、仲間や千佳たちが踊る姿。

さすがに今からレッスンルームに行くことはできないが、家で自主練はできる。

少しでも多く。少しでも長く。

練習に時間を費やすべきだ。

だから今日はやめておこう――、と断りかけたが。

加賀崎の言葉が脳裏に浮かんだ。

先日、こんな会話をしたばかりだったのだ。

『……由美子。お前、随分と自主練こなしてるんだな』

『ん？　うん。ライブまでそんなに時間ないし、できるかぎりやるつもりだけど』

そう答えると、加賀崎は整った顔を軽く歪ませる。呆れたように息を吐いた。

そして、まっすぐに指を突き付けられる。

『あのな。ファントムのときにも言ったけど、根詰め禁止。〝マショナさん〟でもかなり行き詰まってるんだろ。もう少し肩の力を抜きなさい』

『えぇ？　いやでも、そんな無理してないよ？』

『そう思ってるのは由美子だけだよ。言ったろ、視野が狭くなるって。もう少し、余裕をだな……。あー、じゃあこうしよう。レッスンルームでの自主練はいいとして、それ以外の自主練を理由に、遊びの誘いを断るの禁止な。もっと遊べ』

『えぇ、なにそれ……？』

そんな会話をしたのだ。

今の状況を予期していたかのような加賀崎の言葉に、慌てて思い返す。

ちゃんと息抜きできてる？

最近練習ばっかじゃなかった？　視野狭くなってない？

「……いや。行く。行く行く行く。姉さん、行くよ。ご飯行こう」

「わ、やったー。でも大丈夫？　なんか予定ありそうだったけど……」

「ううん、大丈夫……。それよりありがとう……、姉さんのおかげで助かった……」

「？」

ぐりぐりと、眉間をほぐす。

加賀崎に言われていなければ、誘いを断ってでも家で練習に励んでいた。

これが根を詰める、ということなんだろうか……。

それではいい結果にならないと、加賀崎から何度も注意されている。

レッスンルームでしっかり自主練はしているのだし、もう少し気を付けよう……。

なに食べる～？　なんて話をしながら、ふたり並んでスタジオを出た。

そこで、この間のことを思い出す。

「あ、そだ。姉さん、この前びっくりしたよ。テレビ出てたよね？　たまたま観ててさー、友達としゃべってたのに声出ちゃったよ」

「うん？　……えっと、どの番組？」

乙女は困ったような笑みで、首を傾げた。

おおう、と変な声が漏れてしまう。

「……そんなにいくつも出てるの？」

「んー、最近はそういうお仕事も頂くかな？　放送時期もバラバラだから、あんまり把握できてなくって」

乙女は顎に指を当てながら、照れくさそうに言う。

すごいなぁ……、という声が自然と出た。

しかし、そうなってくるとどうしても気になる。

「乙女姉さん、仕事量は大丈夫？　また忙しすぎたりしてない？」

仕事がたくさんあることは喜ばしいが、前の嫌な光景を思い出してしまう。

桜並木乙女は少し前、過労によって活動休止を余儀なくされた。

今までとは違う種類の仕事を受けて、また多忙になっていないだろうか。

すると、乙女はふふふ、と含み笑いをした。

そのまま、両手でピースサインを作ってみせる。

「とっても元気。すっごく調子いいよ。マネージャーさんも気を付けてくれて、仕事量はほどほどにしてもらってるから。大丈夫大丈夫」

指をカニのように閉じたり開いたりしながら、ニコニコと笑う。

その笑顔は本物で、ごまかしや強がりにも見えない。

本当に大丈夫なんだ、とほっとした。

乙女は手をきゅっと握って、微笑みを浮かべる。

「なんて言うのかな、演技も前より上手くできている気がするんだ。身体がちゃんと元気だからかもなんだけど、チェックも以前より短く済んだり、声の調子もよかったり。やっぱり、ほどほどにしておかないと、ダメなんだねえ。余裕は大事って改めて思ったよ」

ぎくりとする。

それは先ほど、由美子もうっかりやりそうになった失敗だ。

以前の乙女のようにスケジュールが苛烈というわけではないが、精神的な余裕を作るのが下手だ。どうしても勝手に自分を追い込んでしまう。

乙女がテレビに出るようになったのも、その余裕のおかげだろうか。

「確かに……、姉さん、前より元気だし、キラキラしてる……」

まじまじと彼女を見つめる。

もとより美人で可愛らしい人ではあるのだが、それに磨きがかかっているというか。

プライベートと仕事が充実していると、人はやはり輝きを増すのだろうか。

「え、そう？　あはは、嬉しいな」

乙女は恥ずかしそうに髪に手をやるが、そのひとつひとつの動作もやわらかい。

乙女に余裕ができたなら、以前より遊べる機会も増えそうだし、嬉しいことばかりだ。

それに加え、乙女はぴかぴかの笑顔を見せた。

「あとね、やすみちゃん。わたし、声優としての目標ができちゃった。やすみちゃんの『プリティアになりたい』って目標みたいに。頑張ろうと思える目標って、いいね」

「へぇ……」

乙女が輝いて見えるのは、それも一因なんだろうか。

乙女の言うとおり、目標は力を与えてくれる。

それは由美子も重々承知だし、乙女の見据える未来にそれができたのはいいニュースだ。

けれど。


「…………」

目標、と言われて真っ先に思い浮かんだのは、プリティアではなく。

前髪が長く、目つきの鋭い少女だとは、口が裂けても言えない。

「ね、姉さんの目標ってなんなの？　聞きたいなー、教えてよ」

己の考えを振り払うように、乙女に問いかける。

そこまで訊かれると思っていなかったのか、乙女は焦った顔になる。

途端に頬を赤くして、猫背になった。

「え、ええと。ちょっと人に言うのは恥ずかしい目標だから……、こ、今度。覚悟が決まったら、伝えるね」

「えー、なにそれー。教えてよー」

由美子がふざけて彼女の脇腹をつつくと、くすぐったそうにして早歩きになる。

笑いながらそれを追いかけた。

乙女が穏やかな空気を纏っているのが、本当に嬉しかった。

一日一日、ライブは近付いてくる。

レッスンを繰り返すうちにすんなり踊れる曲も多くなり、完成度も上がっている。

積み重ねというのはやはり偉大で、今では見違えるほどにどの曲も上手くなった。

今日も自主練を行う。

いつものレッスンルームでだ。

ミントとふたり、鏡の前で曲に合わせて踊っていた。

最後にポーズを取り、音が止まるまでその姿勢で静止する。

身体は動かなくとも、汗が頬を伝って床に落ちていった。

「……よーし。そろそろ一回、休憩しよっか」

「わっかりましたー……」

ポーズを解いてそう提案すると、ミントがその場に座り込んだ。

火照った身体から汗が吹き出し、小さな顔がはあはあと上下する。

以前は問答無用で床に倒れていたのだから、彼女も随分と体力がついた。

ダンスも比べ物にならないほどよくなっている。

それは言うまでもなく、彼女の努力の成果だ。

「ミントちゃん、おつかれーい」

「あ、すみません。ありがとうございます」

自分の飲み物を取りに行くついでに、ミントの水筒も持ってくる。

彼女は早速、ガブガブ飲み始めた。

そこでふと、時計を見る。

「ミントちゃんさぁ。最近、遅くまで残ってるけど大丈夫？　家族に怒られない？」

時計の針は、小学生が出歩いていい時間をとっくに過ぎていた。

以前まではそうでもなかったが、最近は自主練の時間が徐々に延びている。

自分が小学生だったときの門限を思い出して、心配になった。

ミントはしばらく水筒で喉を鳴らしたあと、体操服で口を拭う。

行儀悪いよ。

「大丈夫です。お母ちゃ……、母にはちゃんと話をしてあるので。帰りも、家族が車で迎えに来てくれますから」

「そっか。それなら安心か……」

夜道を歩かせるのは心配だったが、迎えに来てくれるのならよかった。

いくらお仕事をしているとはいえ、ミントはまだ小学生。

さすがにそこは、家族も気を付けているようだ。

「わたしより、歌種さんは大丈夫ですか？　まだ学生でしょう。怒られたりしませんか？」

その物言いに笑ってしまう。小学生に心配されてしまった。

「高校生だったら、この時間に外いてもそんなに変じゃないよ。塾やバイトで遅くなる子もいるし。それにうちは、夜は親いないしねえ」

家に帰ってもひとりだし、怒られることもない。

もちろん、それは自由にしていいわけではなく、定期的に「あんまり遅くなっちゃダメだよ」と釘を刺されるけども。

ある程度は大目に見てくれる。

ミントのほうも、親の影響が強いのかもしれない。

それをミントは自ら口にした。

「そうなんですね……。うちも、母がたびたび夜いないことがあります。仕事の関係で」

「お母さん、女優さんだもんねぇ」

お祭りのときに、彼女の強い想いは聞いた。

それが原動力になって、今もへとへとになるまで頑張っている。

あのお祭りの一件以来、ユニット内の空気も少しだけ変わった。

ようやく、ユニットがひとつになってきた気がする。

ヒヤヒヤしていた身としては、とても嬉しい。

「ん。あ、ごめん。電話だ」

スマホが遠くで震えているのを見て、立ち上がる。

見ると、加賀崎からだった。

友人だったらあとで掛けなおすが、マネージャーなら話は別だ。

休憩中だし、電話を取りながら廊下に出た。

「もしもーし。加賀崎さん？　どうしたの？」

『あぁ、由美子。今、大丈夫か？　家にいるならデータを確認してもらいたいんだが』

「あー、ごめん、加賀崎さん。まだ自主練中で外にいるよ。急ぎ？」

答えても、すぐに返事は来なかった。

代わりに、訝しげな声が返ってくる。

『……随分と遅くまで残ってるじゃないか、由美子。日数ばかりじゃなく、時間までえらく費やすようになったみたいだな。大丈夫なんだろうな』

その言葉には、「視野が狭くなってないだろうな」という心配が込められている。

答えを間違えると、何かしらの調整が入りそうだ。

慌てて答えた。

「だ、大丈夫だって。休むときはちゃんと休んでるし、息抜きもしてるしさあ。この前だって、乙女姉さんとご飯行ったばかりだよ。練習ばっかじゃないよ」

『それならいいんだが。くれぐれも無理はしないように。りんごちゃんが言ったことを忘れるんじゃないぞ』

「わ、わかってるよぅ」

電話を切って、ふへーと息を吐く。

前に乙女と会っていなければ、危なかったかもしれない。

改めて気を付けよう……。

加賀崎の用件は帰ってからでも大丈夫なようで、あとで連絡することを約束した。

安堵の息を吐きながら、レッスンルームに戻る。

「…………」

すると、ミントが座ったまま神妙な顔をして、足に触れていた。

マッサージだろうか。

由美子が入ってきたのに気付くと、ぱっと顔を上げた。

すくっと立ち上がる。

「歌種さん、もう用事は終わりですか？　では、もうちょっと練習しましょう！　時間は限られていますからね！」

気合を入れた声に、こちらの頬が緩む。

よしやろっか、と声を掛けて、再び練習に戻っていった。

「みなさん、ティアラーっす！　小鳥遊春日役、柚日咲めくるですー」

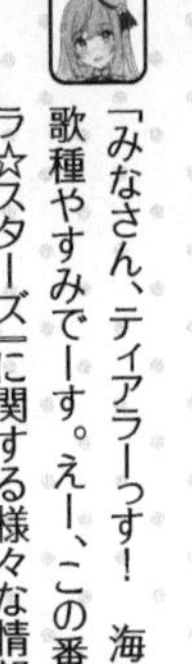
「みなさん、ティアラーっす！　海野レオン役、歌種やすみでーす。えー、この番組は『ティアラ☆スターズ』に関する様々な情報を、皆さまにお届けするラジオ番組です！」

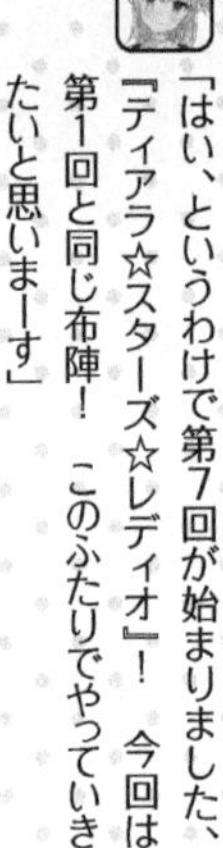
「はい、というわけで第7回が始まりました、『ティアラ☆スターズ☆レディオ』！　今回は第1回と同じ布陣！　このふたりでやっていきたいと思いまーす」

「はい、やっていきます。えーそれで、実はですね。あたし、前回の収録で『来週は出ないよ』って言っちゃったんだけど」

「言ってたね（笑）」

「まー、ちょっといろいろとスケジュールの都合がありまして。急遽あたしが出ることになりました。だから、毎週聴いてる方は、びっくりされたかもしれないんですけど」

「出ないって言っちゃったもんねえ」

「やー、余計なことは言うもんじゃないねー」

「ま、とにかくこのふたりでやっていきますね。何気にパーソナリティの組み合わせが被るのは、初めてなのかな？」

「そうだねー、まだ7回だからね（笑）いろんな組み合わせを楽しみにしている方はすみませんなー」

「まま、今回はこのふたりを楽しんでもらいましょう。ということで。そうだねぇ、今日はメールをたくさん読んでいこうかな、って思ってます」

ティアラ☆スターズ☆レディオ！

「ありがたいことに、たくさんメールを頂いているので！
いっぱい読む感じでいきたいと思いまーす。
じゃ、そろそろオープニング終わる？」

「はいはい。ではでは、早速始めていきましょう——」

to be continued……

オッケーでーす、という声が聞こえ、由美子はイヤホンを外した。

思わず、肩を落とす。

事情があるとはいえ、いろいろと雑になってしまった気がする。

反省しなきゃいけないな……、と考えるものの、頭の中には靄がかかっていた。

「歌種」

机を挟んだ向こう側には、めくるが座っている。

彼女は帰り支度をしていて、こちらに顔は向けない。

けれど、静かな口調で続けた。

「あんたが今、気にしたところで仕方ないことでしょ。昨日の今日で難しいだろうけど」

「うん……。わかってる、んだけど。ごめん、めくるちゃん。あんまりしゃべれなかった」

「あれだけ口が回れば上等だよ」

しれっと言うところにやさしさを感じる。

しかし、めくるに気を遣わせているという事実が、心を重くした。

それが伝わっているのか、めくるは小さく息を吐く。

「あんた、今週は修学旅行なんでしょ。そんなんでどうすんの。リフレッシュするつもりで、楽しんできたら」

そんなことまで言われてしまう。

けれど、それでより気が重くなった。

よりによって今週、修学旅行に行かなければならない。

学校行事ではあるけれど、「行っている場合か」なんて考えてしまう。

それよりも、やるべきことがたくさんあるのではないか。

何も答えずにいると、めくるはじろりと睨んできた。

「言っとくけど、休むなんて考えないように。あんたがいても邪魔なだけだから。今は、歌種がいないくらいでちょうどいい」

念押ししてくる。

さすがにそれを真に受けるわけではないが、修学旅行を欠席したらきっとめくるは怒る。

ため息を吐いた。

こう言うほかない。

「ごめん、めくるちゃん……。行ってくるよ」

「ん。楽しんできなさい」

最後の言葉だけは、少しだけやさしい声色だった。

急遽このラジオに出演し、めくるにまで気を遣われる今の状況。

こんなふうになってしまったのは、昨日の自主練が原因だった。

その日の夜、久しぶりに自主練で〝ミラク〟の四人が揃った。

トレーナーがいるユニット練習では四人揃っても、自主練で揃うことは滅多にない。

だからだろうか、ミントのテンションは高かった。

「さー、さー、せっかく四人揃ったわけですから！　何からやりますか？　一通りやります？　いっそ、ここでリハーサルしちゃいますか？」

そんなことをキラキラした顔で言うのだ。

そのテンションの高さが可愛らしく、レッスンルームの空気は温かかった。

「ミントちゃ～ん、張り切りすぎるとへばっちゃうよ～？」

「何を言ってるんですか、御花さん！　わたしは随分と体力がついたんですから！　体力の差を見せつけてあげますよ！」

飾莉にからかうようなことを言われても、自信満々に受け答えしている。

これは虚勢ではなく、ミントは実際に体力も技術もついていた。

それは飾莉もわかっているのか、「そんなこと言って大丈夫～？」とからかう口調を続けても、穏やかに笑っている。

とはいえ、ミントのテンションは高すぎる気もするが。

普段はここまではしゃぐことはないので、四人で集まったのが本当に嬉しいのだろう。

逸るようなことを言いつつも、ミントは普段よりもしっかり柔軟体操をしていたので、空回りすることもなさそうだ。

「じゃあ、一曲ずつ通しでやってみる？」

めくるの提案に、異論を唱える人もいなかった。

フォーメーションを組み、鏡の前で並ぶ。

「……？」

そこで違和感を覚えた。ミントの顔がやけに強張っていたからだ。

ここにきて緊張しているのだろうか。

しかし、違和感を覚えつつも、止めるほどではなかった。

そのまま曲が始まる。

…………………。

音楽が止まり、固定していた四人のポーズが解かれる。

すぐさま飾莉が声を上げた。

「ミントちゃん、やるね～。すごく上手くなってるじゃん～。途中のステップもいい感じだったし、綺麗になってたよ～」

ミントが苦手としていたところを指し、飾莉が賞賛の言葉を述べた。

なんだかんだで、よく見ている。

　しかし、由美子の目には違和感しかない。

「ま、まぁ……、当然ですよ……、随分と練習しましたからね……」

　膝に手をつき、肩を上下させるミント。汗がいくつも顎を伝う。

　飾莉はミントを褒めていたが、本当はもっと動けるはずだ。

　ふたりきりのときのキレとは程遠い。

　体力だってついてきたし、こんなに早くバテることもなかったのに。

「ミントちゃん、大丈夫？　なんか変だよ？」

　思わず、声を掛ける。

　すると、彼女はいつものように胸を張った。

「何を言っているんですか、歌種さん。平気ですよ。さ、次の曲が始まりますから。立ち位置に戻ってください」

　身体を押し退けられ、強引に話を打ち切られてしまう。

　大丈夫、なんだろうか。

　しかし、無理やり止める踏ん切りがつかないうちに、次の曲が始まってしまった。

　慌てて、意識を集中させる。

　そのときだった。

「あっ」

どん、という音と小さな声が響く。

そちらを見ると、ミントと飾莉が接触したようだった。ふたりとも体勢を崩している。

だが、様子がおかしい。

それほど強い接触ではなさそうなのに、ミントが床に転がったまま動かない。

飾莉は平気そうだが、ミントは起き上がれずにいた。

「み、ミントちゃん？　だ、大丈夫～？　ごめん、もしかしてどこか踏んじゃった？」

ただならぬ様子に、飾莉がおろおろと声を掛ける。

慌てて、由美子もめくるも彼女の元に駆け寄った。

「ぐ、ううううぅ……っ！」

ミントは床にうずくまったまま、呻くような声を上げていた。

辛そうに拳を握りしめ、床に顔を擦りつけている。

さっきから発汗もすごい。

「ミントちゃん、どうしたの。どこが痛む？　どう痛む？」

めくるがそばでしゃがみ、ミントに問いかける。

けれど、ミントは首を振るばかりだ。

「い……、痛いところ、なんて、あり、ません……っ！」

苦しそうに呻く。どう見ても強がりだ。

ミントが手で足を押さえているので、原因はそこだと判断したらしい。

めくるがすぐに、裾をめくった。

「え……」

絶句する。

彼女の細い足首に、妙なものがある。

むちゃくちゃな巻き方をされた包帯だった。

不自然に膨らんでいるのは、包帯の下に湿布か何かが貼ってあるからだろうか。

「……ミントちゃん、これ自分でやったでしょ」

めくるがそう言いながら、ミントのシューズを脱がそうとする。

すぐにミントが痛みに声を上げた。

その痛ましい声に、どれほどの激痛なのかが伝わる。

「だ、大丈夫です……、平気、だから……、痛く、ないもん……っ」

すすり泣きながら、ミントは訴える。

めくるは、おそらく意味を成していない包帯をほどいていった。

ほどいた先にあったのは、湿布ではなくガーゼ。

それがセロハンテープで貼ってあった。

「…………」

とにかく、それらしいものを貼り付けたのだろうか。

何もわからないまま、彼女が自分で処置したのがわかる。

めくるがそのガーゼを取ると、足首が赤く腫れあがっていた。

めくるはそれを見て小さく息を吐くと、すくっと立ち上がる。

「とにかく、トレーナーに連絡。ミントちゃん、スマホ貸りるよ。ミントちゃんのマネージャーにも連絡するから。ふたりはトレーナーか、あぁ、プロデューサーでもいい。報告して。すぐに来られないようなら、わたしがこのまま病院に連れて行く」

「やだ……、やめてよぉ……、こんなの、すぐに治るもん……っ！」

ミントは顔を伏せたまま、うわ言のように訴える。

めくるは一瞬辛そうな顔をしたが、すぐに表情を戻した。

そんなめくるに、思わず尋ねる。

「め、めくるちゃん、そんなにひどいの……？」

「ひどい。痛み出してからも、ずっと無視して足を酷使してたでしょ。医者に『なんですぐに来なかったんですか』って言われるレベルだよ。一日二日で治るものじゃない」

……想像はつく。

あのめちゃくちゃな包帯の巻き方や、意味のないガーゼから察するに、彼女はこれを内々で処理しようとしていた。

きっと随分前から痛かっただろうに、それをごまかしごまかし、今日までやってきたのだ。

周りに知られれば、きっとレッスンに出られなくなるから。

「歌種。連絡。早く」

めくるに言われ、びくりとする。

ミントのすすり泣く声が強くなるが、彼女が立ち上がることはなかった。

胸の痛みを感じながら、スマホを手に取る。


トレーナーたちにはすぐ連絡がつき、そこからミントの親にも連絡がいったらしい。

マネージャーと親が現れて、ミントを病院に連れて行った。

それにトレーナーもついていったようで、あとになって報告が入る。

「ミントちゃん、しばらくレッスン休むって」

スマホを仕舞いながら、めくるが部屋に戻ってきた。

トレーナーからだそうだ。

三人は練習を続ける気にはなれず、帰る気にもなれなくて、レッスンルームに残っていた。

めくるは淡々とトレーナーの話を伝えてくれる。

「オーバーワークが原因みたい。未成熟な身体で、筋力もないのに過度な負荷をかけ続けたせい。子供にはよくあるんだって」

あぁそうか、とため息が漏れそうになる。

小さな身体だった。手足は細く、身体の丸みも少なく、小学五年生にしては背も低く。

まだ成長しきっていない身体で、無理をしすぎたせい。

それを思うと、心がきゅうっと痛くなる。

「しばらく休むって、どれくらい……？」

「さあ。マネージャーたちからレッスンしていいって言われるまでじゃない」

あの足では仕方がない。不幸中の幸いで、骨折などの深刻な状況ではないそうだ。

しばらく療養して、戻ってこられるタイミングでレッスンに復帰するのだろう。

「ま。ライブに出られないってことはないだろうし。そこはよかったんじゃないの」

そっけなく、めくるは言う。

「うん……」

ライブには出られる。

出られるけど、それでミントが納得するかは別問題だ。

だれよりも努力して、結果を残そうとしていた彼女だけに、しばらく休むのは耐えられないのではないか。

彼女の心境を考えると、胸が苦しくなる。

せめて、少しでも早く、戻ってこられればいいが——。

「……これ。全体のパフォーマンスが明らかに落ちますよね」

そう呟いたのは、飾莉だ。

視線を合わせず、まるで独り言のように呟く。

しかし、明らかにこちらに向けての言葉だった。

しばらく、ミントは練習ができない。残念ながら、そういうことになる。

全体のパフォーマンスはどうしても落ちてしまう……。

「どうするんですか、これ。しばらく休むって。あの子が足を引っ張るってことですよね」

飾莉が続けて、そんなことを言う。

普段と口調が違うのは、怒りを覚えているからだろうか。

飾莉の言うことは事実だが、その言い方はダメだろう。

「飾莉ちゃん。その言い方はよくないんじゃないの。ミントちゃんを責めるのは……」

「わたしは。やすみちゃんを責めてるんだけど」

え、と声が漏れそうになる。

予想外の返答に戸惑う。

そこで飾莉は顔を上げて、こちらの目をまっすぐに見た。

普段の笑顔はそこにはなく、真顔でこちらを見つめている。

どこか間延びしたしゃべり方も、気安い笑みもそこにはない。

別人のような顔がこちらを覗いていた。

「ミントちゃんとずっといっしょにいたんでしょ、やすみちゃんは。やすみちゃんはいいよ、ライブ慣れした大人だから。でも、それにミントちゃんはついていこうとして、身体を壊したんじゃないの。子供の身体だから。やすみちゃんは一番近くにいたのに、不調に何も気付かなかった？　あなたは、何を見ていたの？　……桜並木乙女から、何も学ばなかったの？」

そんな、ふうに。

言われるとは思っていなかった。

しかし、これまでの練習風景が頭の中を駆け抜けていく。

……あぁ、そうだ。

ミントが自主練にあれだけ励んだのは、歌種やすみが同じように頑張っていたから。

どんどん練習時間が延びて、参加する日も増えた。大人顔負けの練習をこなしていた。

由美子に、ついていこうとしていた。

不調の兆候は、あった。

ミントの様子に関して、いくつか思い当たる節がある。

足を気にする姿も見た。いつまでもこの場に残る姿も見た。無理をする姿を見た。

だけど、ミントの言葉を信じて……、子供の言うことを信じて。

今までずっと流してしまった。

気付けなかった――、いや、気付こうとしなかった……？

「御花。それを歌種に要求するのは酷でしょ。あの子は隠そうとしたんだから、気付けなくても無理ない。それに、歌種だけの責任でもないでしょ」

めくるが淡々とした口調ながらも、止めに入ってくれる。

それに飾莉は唇を嚙む。眉をひそめる。苦しそうな表情を浮かべた。

己の後悔を吐き出すように、「そうですけど……」と言いかけてから、首を振った。

「でも、やすみちゃんはリーダーなのに。気にするのは勝負のことばかり。夕暮夕陽にこだわって、肝心なことは何も見えてない。そのせいで、こうなった。ミントちゃんを煽るだけ煽って壊した。ライバルよりも、ちゃんと自分の仕事をしなよ。あなたは、いつもそう。視野が狭いせいで、すべてを台無しにする。あの裏営業疑惑のときだって――」

「御花」

めくるの声が響く。

それでようやく、飾莉の言葉が止まった。

由美子は、呆然とするしかない。

事実を突き付けられて、頭が真っ白になって、後悔と罪悪感で呼吸が荒くなる。

めくるは言い聞かせるように、口を開いた。

「それは関係ない。言い過ぎ」

「視野が狭いのは関係あります。やすみちゃんがもっと周りを――」

「御花」

「……柚日咲さんがいいのなら、それでいいですけどね」

吐き捨てるように言うと、飾莉はそのままレッスンルームを出ていった。

めくるは由美子の肩に手を置き、ぼそりと言う。

「こっちはわたしが話をつけるから」

そう言って、めくるは飾莉を追いかけていった。

レッスンルームの扉が閉まる。

広い部屋の中でひとり。

無音の空間に取り残された。

ズルズルと、そのまま座り込んでしまう。

「あ――あぁ――」

息が荒い。苦しい。はあはあと息を吐き、ドクドクと速く鳴る心臓を押さえる。

飾莉の言葉のひとつひとつが、胸の深いところに突き刺さっていた。

ズキンズキンと痛みを発する。

頭は罪悪感でいっぱいになり、それに溺れそうになる。

「あたしが……、気付かなきゃ、いけなかったのに」
リーダーなのに。いつもいっしょに練習していたのに。一番近くにいたのに。
乙女が仕事のし過ぎで、倒れる様を近くで見ていたのに。
人間は容易く壊れることを知っていたのに。
ミントの様子がおかしいことに気付きながらも、何もしなかった。
『やだ……、やめてよぉ……、こんなの、すぐに治るもん……っ！』
頭の中で、ミントのすすり泣く声がフラッシュバックする。
あんな顔をさせたのは、自分のせい。
ミントを壊したのは、自分……？
胸が、苦しい。
むくむくと黒い煙が肺を満たし、そのままきゅうっと押し潰した。
『夕暮夕陽にこだわって、肝心なことは何も見えてない――』
「ぐ――――」
こみあげてくるものがあって、顔が歪む。
――言って、ほしくない言葉だった。
千佳をライバル視するあまり、周りが見えなくなっていた。
ユニットが、自分のせいでぐちゃぐちゃになった。

千佳にこだわったせいで、何もかも台無しにした。

それは、首を絞められるような苦しい事実だった。

ふらふらと顔を上げると、大きな鏡にひどい顔をした自分が映っている。

独りよがりで、何も見ていない口だけの愚かなリーダー。

耐えられなくて、床に顔を伏せる。

「何が……、リーダーだ……。何も……。何も、見えてなかったくせに……っ！」

ぎゅうっとなった言葉を吐き出して、床に拳を打ち付ける。

自分のわがままやこだわりのせいで、こんなことになってしまった。

苦しくて、苦しくて、死にたいくらい、苦しくて。

情けなくて、仕方がなかった。

千佳にも、申し訳ないと思うくらい。

こんなにも格好悪くて、失敗ばかりの自分のせいで、千佳の「負けたくない」という思いもいっしょに否定させてしまう。

「ミントちゃん……、ごめん……っ、ごめん……っ！」

涙が溢れる。

千佳だけを見ていて。周りが見えてなくて。

そのこだわりのせいで、ユニットがこんな状態になって。

それでも、何もできなくて。

ただただ、打ちのめされるだけなのがまた情けなくて、ぽろぽろと涙がこぼれた。

「歌種」

顔を上げる。

レッスンルームの扉を開けたのは、めくるだった。

てっきり、もう帰ったのかと思ったのに。

ここにいてもどうしようもないのだが、帰る気力も湧かなかった。

だれもいないのをいいことに、壁に背を預けてただ座っていた。

「めくるちゃん……」

「なんて顔してんの」

めくるがため息を吐く。

彼女も、呆れただろうか。同じような失敗をまたしてしまって。

過去の柚日咲めくるが、あれだけ忠告してくれたのに。

めくるを怒らせたときと同じように、飾莉を怒らせてしまった。

めくるは目の前までやってきて、再びため息を吐く。

　思わず、口を開いた。

「ごめん、めくるちゃん……。ごめん……」

「謝るな」

　ぴしゃりと言われて、身体が跳ねそうになる。

　彼女もやはり、怒っている。

　謝らせても、くれないくらいに。

「そうじゃない」

　めくるはそう呟くと、目の前に座った。

　目線を合わせて、こっちをじっと見つめる。

　静かに言葉を並べた。

「反省はしたんでしょ。それならもう、謝らなくていい。今回は――、今回に限っては。べつにあんただけが悪いってわけじゃないし」

　めくるが手を伸ばし、こちらの鼻を摑んでくる。

　それで彼女と目が合った。

「確かに、あんたはまた視野が狭くなってた。あんたじゃなければ、あの子の異変に気付けたかもしれない。でも、相手はブレーキの利かない子供だから。結局、どっかでパンクしたんじゃない。あの子はあんたを見てパンクしたけど、ここでしておいてよかった、とも言える」

　取り返しがつかない状況でもないしね、と続けて、めくるは立ち上がる。

「それに、わたしから見れば、あんたは――、あんたも、御花もブレーキの利かない子供だよ。若者らしく、感情爆発させて、ぶつかって」

「めくるちゃん……」

　再び視線をこちらに戻し、まっすぐに見てくる。

　そのまま、ゆっくりと口を開いた。

「気にするな、とは言わないけど、気に病むな。何とかなる。何とかする。それでいいでしょ。今回は、それで終わり」

　それは、とても魅力的ではあるけれど。

　反省したからもう終わり、と言えるのなら、それに越したことはないけれど。

　できない。

　だって、問題は何も解決していない。

　ミントのことも。

　飾莉のことも。

　すると、めくるは視線を外に向けた。

「御花のほうは、わたしが何とかしておく。あの子も頭に血が上ってるんでしょ。デビュー作がぐちゃってなって、不安なんだよ。あの子、物凄く臆病だから」

そうなんだろうか。

そうは思えないけれど、めくるには見えているものがあるんだろうか。

めくるは軽く頭を振って、こちらに背を向けた。

「わたしはもう帰るから。落ち込むのに飽きたら、あんたも帰りなさいよ」

「めくるちゃん……」

「なに」

「ありがとう……」

お礼を言うと、彼女はまたため息を吐く。

「仕事だから。わたしとしても、ライブが成功しないと困るの。それと、あんたのそんな姿、気味悪いから見てらんないだけ。それだけだから」

そう言い残すと、めくるは足早にレッスンルームから出ていった。

その背中を目だけで見送ると、少しだけ、元気が出た。

本当にあの先輩は、いつも元気を分けてくれる。

そのやさしさが嬉しくて、けれどやっぱり情けなくて。

涙を流すために、顔を伏せた。

NOW ON AIR!! 第59回

「夕陽と」

「やすみのー」

「コーコーセーラジオー」

「おはようございます、夕暮夕陽です」

「おはようございまーす、歌種やすみです」

「この番組は偶然にも同じ高校、同じクラスのわたしたちふたりが、皆さまに教室の空気をお届けするラジオ番組です」

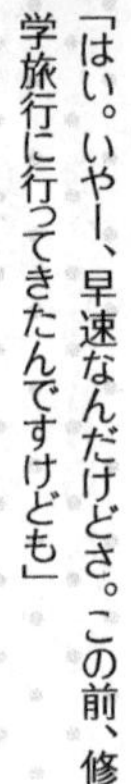
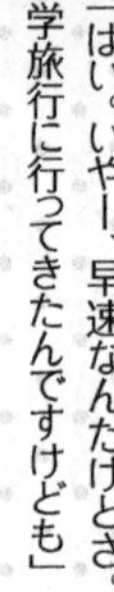

「はい。いやー、早速なんだけどさ。この前、修学旅行に行ってきたんですけども」

「行ったわね」

「え、ユウも行ったの？　同じ時期？　ぐうぜーん」

「同じクラスでしょうが。同じ高校、同じクラスのわたしたちふたりが、って言ってるのに、なんで修学旅行は別なのよ。雑なボケやめてくれる？」

「いやまぁ、そうなんですよ。今日はそういう話をしたいと思ってまして」

「修学旅行の話をするためだけに、同じ班にもなったので」

「そうなんだよね……。同じ班でずっといっしょだったから、時たま『これロケでは？』と錯覚することがあって大変だった」

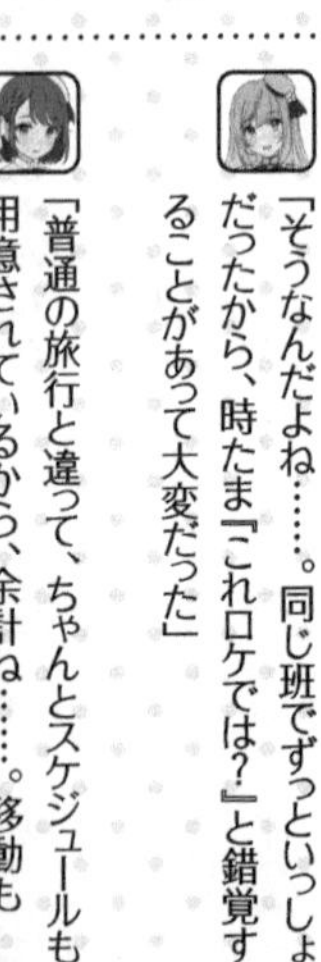

「普通の旅行と違って、ちゃんとスケジュールも用意されているから、余計ね……。移動も新幹線とバスだから、さらにロケっぽく

なっちゃって……」

「ユウ、普通に『これ時間おしてるんじゃない？』って声に出して、クラスの子に『おすってなに？』って訊かれてたしね」

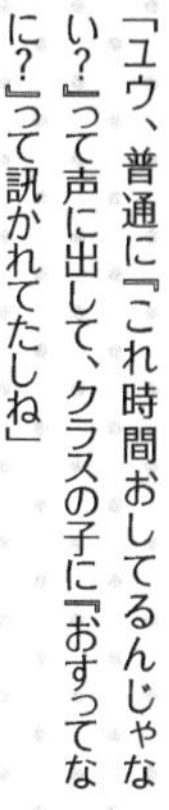

「あれすごく恥ずかしかった……。なんだか、業界人ぶってるみたいで……」

「苦虫噛み潰すような顔してたもんね。あ、ちゃんと番組にはお土産買ってきているので。生八つ橋」

「どこ行ったか丸わかりね」

「まぁそんな感じで、オープニング終わっても修学旅行の話をしたいと思いまーす」

「はい。なんだか久々に、このラジオのコンセプトが活かせそうな気がするわ」

「そーね。というわけで、オープニング終わろうか。それでは、今日もみんなで、楽しい休み時間を過ごしましょー」

「放課後まで、席を立たないでくださいね」

to be continued……

「はーい、次の新幹線に乗りますよ～。乗り遅れないでね～」

教師が手を挙げると、何人かの生徒が「はーい」と軽い調子で言葉を返す。

どの生徒も浮き立っていて、さっきから笑顔で溢れていた。

学校から出る時点で既にみんなテンションがおかしかったが、新幹線のホームに着いてからはさらに加速している。

今日は修学旅行。

出発日。

学生服姿の生徒がホームに溢れかえっていた。

ここまで新幹線のホームに人が集まるのも、珍しい光景だなぁと由美子は思う。

「やー、楽しみだねー！　わたし、そもそも新幹線ってあんまり乗らないからさー。もうテンション上がっちゃうぜ～」

若菜は身体を揺らしながら、嬉しそうにしている。

ウキウキ、という言葉が身体から溢れてきそうだ。

「由美子は普段から、結構新幹線乗るんだっけ？」

「ん？　あぁ、まぁそうね。仕事のイベントとかで、割と乗る回数は多いかなぁ」

そう答えるものの、プライベートで乗ることは少ない。

こうして制服姿で、クラスメイトと乗るのは新鮮だ。

若菜は楽しそうに線路を見ていて、近くには千佳がぼんやりと立っていた。

千佳とは何度かいっしょに移動したことがあるが、学校の生徒としては初めてだ。

そろそろ新幹線が来る頃だろうか、と時計を見ていると、肩に重みを感じた。

若菜がこちらの肩に顎を載せている。

じゃれているふりをしながら、ぼそりと呟いた。

「どしたん、由美子。せっかくの修学旅行なのに、元気ないじゃん」

「やっぱ若菜にはわかっちゃうよねぇ……」

周りに気を遣ってほしくないので、元気なふりをしていたのだが。

若菜にはやはり見抜かれてしまう。

結局班は、最初に「いっしょになろうよ～」と声を掛けてきた女子三人と組んでいる。おそらく彼女たちは気付いていない。

深い付き合いの若菜と――、もしかしたら、千佳が気付いているくらいだろうか。

周りの生徒から離れつつ、若菜に気持ちを吐露した。

「実は……、仕事で大失敗しちゃってさ。めちゃくちゃへこんでて……。自分だけじゃなくて、周りにめっちゃ迷惑かけるようなことだったから……」

自分で言っていて、さらに落ち込みそうになる。

その気持ちから目を逸らすように、自販機にお金を入れた。

ブラックコーヒーを選ぶ。

すると、若菜も同じように自販機に硬貨を入れ始めた。

「ふうん……。ま、そりゃ大変だとは思うけどさ。今へこんでもしょうがないことなんでしょ？　今はできるだけ忘れて、修学旅行でリフレッシュして、帰ってから挽回すればいいんじゃん？」

若菜はカフェオレを購入して、にっと笑いかけてくる。

その笑顔に、いくらか救われた。

「そうねぇ……、そうするよ。落ち込んだままなのも、みんなに悪いし」

「そーそー。一生に一度の修学旅行、楽しもうぜぇい。落ち込んでたことを忘れるくらい、わたしが横で楽しませてあげるよ」

若菜がおどけて、踊るような動きを見せた。

そう言ってくれる友人が隣にいるのは、本当にありがたい。

そうこうしている間に新幹線がやってきたので、ほかの生徒とともに乗り込んだ。

「ここ空いてるー！　わたしと由美子と渡辺ちゃんで座ろ！　由美子、真ん中ね！」

若菜が興奮気味に、三人席を指差していた。

はいはい、と苦笑しながら、言われたとおりの席に腰掛ける。

千佳も黙って、端の席に腰を下ろした。

「……なんだか不思議な感じがするわね」

「そーね」

お互い、視線も合わさずにぽつぽつと言い合う。

かなり貴重な体験をしている気がする。

ラジオの相方といっしょに、修学旅行に行くだなんて。

まだ始まったばかりだというのに、既にラジオで話せそうなことを頭で整理していた。

若菜には改めて感謝しなければならない。

「ねぇねぇ、渡辺ちゃん」

そんな若菜は、ニコニコしながら千佳に話しかけている。

「なに？」

「渡辺ちゃん、京都は行ったことある？　わたしは小学校ぶりなんだけど。そんときも修学旅行だったなー」

「わたしは……、何度か。京都が舞台の作品に出てて、そのイベント関連で」

由美子は心の中で、「あれか」とタイトルを思い浮かべる。

若菜はおお～、と感嘆の声を上げた。

「声優さんって案外、いろんなところに行くんだねえ。いいなぁ～。観光とかできる？　おいしいもの食べたりとかは？」

その問いに、千佳はため息まじりに答えた。

「そんなにいいものじゃないわ。日帰りだったら慌ただしくて余裕はないし……。ライブとかなら前乗り……、前日から泊まることもあるけど、そのときも体力を考えて早くに休むし。夜ご飯も適当に済ましちゃうわね」

「え、あたし結構出かけるけど」

なんとなく黙って聞いていたが、思わず横槍を入れてしまう。

千佳は怪訝そうにこちらを見た。

「前乗りのときよ。翌日ライブ。それでもあなたは、夜ご飯を食べに行ったりするの？」

何か誤解しているとでも思ったのか、千佳はそんな念押しまでしてくる。

そこまで詳細に言うのなら、こちらも答えやすい。

「行く行く。だって、せっかくみんなで来てるんだから、いっしょにご飯食べたいじゃん。そのあと、部屋でおしゃべりもするし。旅行みたいで楽しいんだよね。あ、もちろん翌日に響かない程度だけど」

そう答えると、千佳は目をぱちくりとさせた。

ちっと舌打ちをこぼす。

「出たわ。あなたのそういうところ、本当に嫌い」

「なんでや」

理不尽な怒りをぶつけないでほしい。

呆れながら、さっき買った缶コーヒーのプルタブを開ける。

そこで、ブラックコーヒーを飲んだときのミントを思い出した。

「……渡辺。一口飲む？」

千佳に缶コーヒーを差し出すと、彼女はぎょっとした。

訝しげに缶とこちらの顔を見比べている。

おそるおそる手を伸ばしながら、口を開いた。

「どういう風の吹き回し……？　ん、これブラック？　ブラックならいいわ。飲めない」

「なに？　お姉ちゃんってブラック飲めないの？」

「は？　出た出た。お得意のマウントが出たわ。ブラックが飲めたら偉いわけ？　たかだか飲み物の嗜好で偉ぶれる価値観、あまりに恥ずかしすぎて赤面するわ」

「うん」

「ちょっと。そこで満足そうにする理由がわからないのだけど。ちょっと。なんなの」

「渡辺って案外大人なのかもって思っただけ」

「バカにしてる？」

「バカにはしてる」

「あなたね……」

不愉快そうに舌打ちをする千佳。

ただ単に、「渡辺はやっぱり渡辺だなあ」と思っただけだ。

やがて若菜に微笑ましい目で見られていることに気付き、千佳はそっぽを向いた。


ガヤガヤと騒がしくしているうちに、新幹線はあっという間に京都へ着いた。

けれど「京都だー!」という興奮は特にない。

若菜もそうだし由美子もそうだが、大体の生徒は小中学校の行事で京都は履修済みだ。

千佳ほどじゃないにせよ、京都にそれほど新鮮味はない。

しかも一日目はバス移動で、定番の清水寺、金閣寺、銀閣寺などを回るお決まりコース。

しかし、仲のいい友達同士で集まれば、どこでも楽しいもので。

バスの車内やお寺でも楽しくおかしく、修学旅行は進んでいった。

ただひとつ、気になることがあるとすれば。

「……。なに、渡辺」

「べつに?」

時折、千佳からの強い視線を感じること。

班で移動するので千佳とは常にいっしょだが、なぜかじろじろ見られるのだ。

ほかの子と話しているときに、じっと。

「渡辺ちゃん、どうかしたの？」

「わかんない。渡辺の生態は未だに謎に包まれている」

「まぁたまに猫っぽいときはあるけれども」

若菜にも理由を訊かれたが、わからないものはわからない。

そんなことがありつつも、あっという間に一日が終わろうとしていた。

今日は鴨川近くのホテルで一夜を過ごす。

ホテル自体には、特に変わったものはない。

だがしかし、これが修学旅行の真骨頂。

ホテルでのお泊まりが、最も楽しい瞬間と言っても過言ではない。

「ねぇねぇ、お風呂まで何やる～？」

ホテルの一室で、クラスメイトが楽しそうに顔をほころばす。

大広間での夕食を終え、今は自分たちの部屋に戻ってきたところ。

班ごとに部屋を割り振られるので、由美子、千佳、若菜を含めた計六人が同部屋だ。

「もう布団敷いちゃう～？」

「さすがに早いでしょ～。せめてお風呂入ってからじゃない？」

学校ジャージに着替えた女子たちが、きゃっきゃとはしゃいでいる。

時間が来たら大浴場に行くくらいで、あとはもうやることがない。

だけど、これからが本番だ！　と言わんばかりにボルテージは上がっていた。

まぁみんなでお泊まりだし。

テンションも上がるというものだ。

「由美子～、お菓子食べるー？」

スマホのメッセージに返事を打っていると、若菜に箱を差し出された。

「ん。ありがと……、ってこれ生八つ橋じゃん……。ホテルで開けるもんじゃないでしょ」

「でもんまいよ」

「んまいけども」

口に運ぶと、あんこの甘みと同時に、生クリームの味が広がった。

「しかも、変なタイプの八つ橋だな？」

「普通のがいい？　普通のはあっちのテーブルにあるよ。今みんなで食べ比べしてる」

見ると、生八つ橋の箱がいくつもテーブル上に並べてあった。

どれがうまい？　これ結構うまい。チョコいい。イチゴのやつ割とイマイチ。結局普通のが一番じゃない？　なんてこと言うんだ。帰れ。東京に帰れ。そんな責められること言った？

「全部開けとる。京都まで来てなにやってんだ」

「むしろ京都だからできることじゃん？」

確かにそうかもしれない。

楽しい楽しい修学旅行も夜に差し掛かり、みんな変なテンションに拍車が掛かっている。

それに参加するべく、由美子も立ち上がった。

「しょうがねえ。あたしのチョコバナナ八つ橋も開封しよ」

「由美子のも大概じゃん」

けらけらと笑う若菜といっしょに、テーブルに向かう。

しかし、そこには三人しかいない。

「あれ、渡辺ちゃんは？」

若菜が首を傾げる。

三人は八つ橋を口に含みながら、ぱっと顔を上げた。

「なんかさっき、スウーって部屋を出ていったけど」

何か用事があったのだろうか。

部屋に居づらくなって、ということもないだろう。

教室でもどこでも、元々ひとりでいるのが平気な人種だ。

「渡辺、絶対こういうの好きそうなのに」

きゃっきゃとはしゃぎながら、味比べをするクラスメイトたちを見やる。

八つ橋味比べなんて、千佳なら目をキラキラさせそうだ。

とはいえ、わざわざ呼びに行くほどの大イベントでもない。

「ごめん、あたしもちょっと出てくるわー」

しかし、なんとなく気になって、由美子は部屋をあとにした。


ホテルの廊下に出たものの、千佳の行き先に心当たりはない。

なんてことない用があっただけで、入れ違いになる可能性すらある。

「ま……、それならそれでいいか」

ぶらりと廊下を歩き出す。

ここにいる生徒はみんな、浮き足立って修学旅行を楽しんでいる。

由美子ももちろん、楽しんではいた。

いたけれど。

「……廊下に出たのは、間違いだったかも」

とぼとぼと歩き、そんなことを呟いてしまう。

みんなといるときは、何とか気持ちをごまかせていた。

でも、ひとりになった途端、先日のことを思い出してしまう。

あれだけ揉めに揉めた日から数日が経つが、あれから進展はない。

ミントは大丈夫なのか、飾莉はどうなったのか。
自分はまだ、リーダーでいいのだろうか。
そんな考えがよぎり、暗い世界に引きずり込まれそうになる。
ひとりで泣いていた、あのレッスンルームに戻されそうになった。
「……渡辺は、外かな」
ひとり呟き、ホテルから出る。
外は既に暗くなっていた。
川が流れる水音が響き、遠くで車の走行音が聞こえる。
ぼんやりと河川敷に近付くが、この辺りは人通りもないようだ。
静かな空間が広がっており、見える光も少ない。
鴨川を眺めながら、暗い夜を歩く。
すると、少し歩いた先に人影が見えた。
だれもいない河川敷にひとり、激しく動く人影がある。
外は暗く、川まで明かりが届いているわけではない。
その人影だって、黒く塗りつぶされているのに。
一目で、千佳だとわかった。
吸い込まれるように、その人影に近付いていく。

スマホで音楽を鳴らしているようで、そばに寄ると曲が聞こえてきた。

けれど、曲が耳に届く前に、何を踊っているかは振り付けでわかってしまう。

月明かりにほのかに照らされるばかりで、ほとんど黒い影しか見えないのに。

スマホのスピーカーだから、音質もいいわけじゃないのに。

川の音とともに踊る彼女の姿は、とても美しかった。

「……佐藤？」

こちらが近付く音で、千佳が気付いてしまった。

踊るのをやめてしまう。

それには申し訳ないな、と思いつつも、彼女に言葉を返した。

「修学旅行でも、自主練？」

「べつに。なんとなくよ。ちょっと確認したくなったから、軽く身体を動かしていただけ」

そう言って、千佳はスマホの音楽を止めようとする。

その前に、口を開いた。

「あたしも、ちょっとだけ、いいかな」

千佳はぴたりと動きを止め、こちらを見上げる。

「修学旅行でも、自主練？」

「べつに。なんとなく。ちょっと確認したくなっただけ」

それ以上は何も言わない。
千佳は無言でスマホを操作し、曲を冒頭に戻す。
音楽は鳴り続ける。
スマホから流れる曲と川の音が混ざりあい、暗い夜に響いていく。
そこにふたりのステップの音が重なり合った。

一通り踊ったあと、千佳とともに川べりに座り込む。
はぁはぁ、と息を荒くしながら、千佳は持ってきていたペットボトルに口を付けた。
彼女の白い喉が鳴る。
「ん」
千佳にペットボトルを差し出されたので、受け取って口に含んだ。
ぬるい水が喉の奥に消えていく。
はあ、と自然と声が漏れた。
ペットボトルを千佳に返し、黙って川の流れを見つめる。
建物から漏れる光が川に反射し、水の流れに合わせて形を変えていく。
一際大きな月の光が、川にぽっかりと穴を開けていた。

「そっちのユニットの話。聞いたわ」

千佳の声が耳に届く。

隣を見ると、彼女は視線を川に向けていた。

由美子も川に視線を戻し、「うん」と呟く。

「どこまで聞いたの」

「大まかなところまでよ。詳細は知らない」

「そっか」

短いやりとりだ。

なんと言うべきか——、何を言うべきか。それがわからず、黙り込んでしまう。

すると、千佳に横顔をじっと見られた。

目を向けると、暗い中で彼女と目が合う。

明かりはないのに、髪の奥にある瞳が光を放っているように見えた。

「何があったのか。聞いていい？」

そう言われて、すとんと胸のつかえが取れた。

そこでようやく気が付く。

あぁ自分は。

千佳に、話を聞いてほしかったんだ。

これはきっと、ふたりのことでもあるから。
ふたりの関係の話でもあるから。
ぽつぽつと語る。
ミントのことから、飾莉に勝負について責められたことまで。
気付けば、溜まったものを吐き出すように洗いざらい話していた。
千佳は黙り込んで、何も言わない。
だからさらに思いを吐き出すように、由美子は自分の気持ちを口にしていた。
「あたしは、間違ってたのかなあ」
ぼんやりと言ってしまう。
こだわっていたものがあった。
千佳に負けたくない、という想いがあった。
そのために、ここまでがむしゃらに走っていたけれど。
そのせいで、あんなふうに人を傷つけてしまった。
だからもう、諦めて捨ててしまうべきなのだろうか。
「間違っていたのかもしれないわね」
千佳の声が聞こえる。
千佳がそう言うのなら、そうなのだろうか。

ふたりがそう感じるのならば、そうなのかもしれない。

「でも、それがなに」

千佳の言葉は、終わらなかった。

さも当然のように、言葉を繋げていく。

「わたしたちは、いつでも間違えてきたと思うけれど。間違えて間違えて、何度も間違えたからこそ、ここにいる。わたしは、そう思っていたけれど」

千佳の双眸がこちらをまっすぐに射貫く。

ゆっくりとゆっくりと、言葉を紡いだ。

「そもそも、あなたが間違えていなければ――、わたしは、こんなところで踊っていないわ」

「――――」

そうだ。

視野が狭くて、突っ走って、独りよがりなことをしたのが、あの生配信だ。

キャラを作っていたのにそれを捨て去り、あるがままの姿でファンに訴えかけた。

あれはきっと、間違いではあったけれど。

だからこそ、千佳はここにいる。

「自分が間違ったことがないなんて、おこがましいことを言うつもり？　あなたは間違いだらけだわ。でも、間違いだらけの道をふたりで歩いてきたから、今があるんでしょう？」

ふたりで歩いてきたから。
負けたくない、負けたくない、といつも張り合っていた。
その抱えている思いは、時に間違いかもしれないけれど。
それが今まで続いている道なのは、否定しようがない。
「あぁそうか……」
後ろを振り返ると、そこにはたくさんの想いが落ちている。
ファントムでも、マショナさんでも、紫色の空の下でも、コーコーセーラジオでも。
そこにはやはり、千佳への強い想いがある。
「わたしたちの道は、いつも間違いの先にあるんだわ」
「……そうね」
ようやく、飲み込めた。
間違っているかもしれない。たくさん間違えてきたかもしれない。
それはもう、否定できないけれど。
空を見上げる。
暗い夜空に、鈍く光る月。
いつか、こんなふうに千佳と夜空を見上げたことがある。
あのとき、千佳は声優を続けられるかわからない、という不安に支配されていて。

その隣で、自分は仄暗い気持ちを纏いながら、それでも足元さえ見えない道に目を向けた。

振り返ると、間違いだらけで。

この先も、全く見通しが利かない道が続いていて。

それでも、ふたりで泥臭く歩むと決めたのだ。

「渡辺」

「なに」

「ありがとう」

「………………」

千佳は返事をしない。

軽く目を見開いて、こちらを見つめるばかりだ。

その目に向かって、前に言われたことをそのまま伝える。

「『こんなときに、だれかがそばにいてくれるのって、安心するんだな、って思った』」

「………………」

千佳は渋い顔をする。

これは少し前、千佳が夜の海に飛び込んだあとに口にした言葉だ。

とても印象的だったので彼女とも共有したかったのだが、お気に召さなかったらしい。

千佳は不愉快そうに鼻を鳴らす。

「あなたには似つかわしくない言葉だわ」

「あたしもあんたに言われたとき、同じこと思った」

「……出たわ。あなたのそういうところ、本当に嫌い」

その言葉を聞いて、思わず笑ってしまう。

すくっと立ち上がった。

こうして茶化してしまった理由は、きっと伝わるだろう。

あまりにも真面目な話で照れくさくなったこと。

それと、もう大丈夫だよ、という思いを込めてだ。

「そろそろホテルに戻ろっかなー……、と。ん」

ポケットのスマホが震えている。

若菜から電話だ。

『由美子、今どこ？　もうお風呂の時間だよ？　早く帰ってきなよ』

「やば。忘れてた」

礼を言ってから電話を切り、千佳にスマホを向ける。

「渡辺、お風呂の時間迫ってるって。早くしないと入浴時間過ぎちゃう」

「それはまずいわね。こんなに汗かいてお風呂に入れないのは、勘弁してほしいわ」

彼女も立ち上がる。

ホテルに駆け足で向かった。

風呂。風呂だ。

もう何度目かわからない、千佳といっしょのお風呂。

しかし、今回はほかの子もいっしょに入るわけで。

そうなると、心配なことも出てくる。

「渡辺。念のため言っておくけど、お風呂であんまり人の裸をじろじろ見るんじゃないよ」

「どういう心配？　わたしが人の裸を見るのが好きみたいな誤解、やめてくれる？」

「いや、あんた大好きじゃん」

「変な言いがかりはやめて頂戴。ていうか今のなに？　もしかして、『見るのならあたしのにしなよ』って言いたいの？　どういう独占欲？　怖いのだけれど」

「そっちこそおかしなこと言わないでくんない？　あたしが痴女みたいでしょ」

「いつも人に胸を揉ませているし、間違ってないんじゃない」

「こいつ……、今までありとあらゆる手段使って揉んできたくせに……」

最初は行くのを躊躇った修学旅行も、無事に終わった。

帰ってきてからは普通に仕事をこなし、自主練にも行った。

その間、ユニットメンバーと会うことはなかった。

スケジュールの都合で、次のユニット練習日はあの日から二週間経ったあと。

そうして、三人が揃う日がやってきた。

レッスンルームの扉を開くと、既にめくると飾莉の姿がある。

まだトレーナーは来ていない。

少し話をさせてくれ、とふたりにあらかじめ連絡し、早く来てもらったからだ。

「あ～。やすみちゃん、久しぶり～。修学旅行、楽しかった？」

穏やかな笑みを浮かべながら、飾莉は手を振ってくる。

びっくりするくらい、いつもどおりだ。

……これはきっと提案だ。

由美子がこれを受けて、すべてを見て見ぬふりをするのなら、きっと何事もなかったかのように事が進む。

なかったことにしてもいいよ、という飾莉からの提案。

めくると話をした結果、飾莉はそういう選択を取ったのだろうか。

あるいは、それもいいのかもしれない。

ここで蒸し返さず、お互いに受け流してしまって、ビジネスライクに仕事を進める。

それはそれで、大人の対応と言える。

だけどそれでは、超えられない。

失敗を恐れて守りに徹すれば、失わないかもしれないが、得るものだって少ない。

80点や90点で満足せず、120点を目指すのならば、ブレーキは壊す必要がある。

「ふたりとも、早めに来てもらってごめんね。ちょっと、ユニットの話をしたくて」

めくるの表情は動かないが、飾莉の目は細められた。

あぁ、ちゃんと決着をつけるんだね。

そんな声が聞こえてきそうだ。

そうだ、避けて通るわけにはいかない。

「あのね――」

話を切り出しかけたが、そこで扉が開く。

まだ、トレーナーが来るまでには時間があるはずなのに。

出鼻を挫かれ、振り返る。

しかし、そこには予想外の人物が立っていた。

メンバーのだれよりも小柄な身体に、とても幼い面持ちの女の子。

ミントだ。

「お疲れ様です、みなさん。すみません、なかなか来られなくて」

「あ、あれ？　ミントちゃん、どうしたの？　今日はまだ、休むって聞いてるけど……」

そう知らされていたので、困惑しながら尋ねた。

ミントは大事を取って、最低でも一ヶ月は練習に参加しない。

無理をして悪化し、ライブに参加できなくなることは絶対に避けたい。

その判断は妥当だと思ったが、なぜかミントはそこに立っている。

「見学ですよ。今日は見ているだけです。まぁ、足はもう痛くないんですけど。あ、ちゃんと許可は取ってますよ」

ふふん、といつものように胸を張りながら、レッスンルームに入ってくる。

確かに普通に歩く分には、問題ないように見える。

けれど、彼女が見学に来るというのは違和感があった。

案の定、ミントは問題のある言葉を続ける。

「ですが……、まぁ。今日はトレーナーさんがいるから我慢しますが……。そろそろ、自主練にも出ます。時間もありませんし。歌種さん、またいっぱい練習しましょう」

思わず、めくるや飾莉と顔を見合わせた。

そんなところだとは思っていたが……。

最初に口を開いたのは、めくるだ。

「ミントちゃん。それはダメ。最低でも、一ヶ月は休むよう言われたんでしょ。ちゃんと大人しくしてなきゃ、治るものも治らないよ」

「だってもう平気ですもん。治ったんですよ」

ミントは唇を尖らせて、故障した右足で床を蹴る。

「やりますよ。時間はもうないんです。二週間休んだのも嫌だったのに、一ヶ月なんて冗談じゃありません。わたしはやれます。もう平気です。だから来たんです」

頑なな態度で、聞き分けのないことを口にする。

大方、親やマネージャーにもそう訴えて、ダメだ、と言われてここに来たのだろう。

見学だけだから、なんて嘘を吐いて。

……彼らが見学を許可した意図、それに察しはついている。

由美子はため息を堪えながら、ミントにはっきりと伝えた。

「ミントちゃん。今日はもう帰りな。見学も来ないほうがいい。それと、あたしと約束して。きっと隠れて練習してるんでしょ？　それももうやめて。ちゃんと休んでもらわないと、迷惑だから」

こういうことだ。

親たちから止められようが、きっとミントは家で練習してしまっている。

彼らが見学を許可して、この場に寄越したのは。

何を言っても聞かないミントに対し、メンバーからしっかりと止めてほしい、ということではないだろうか。

そして、当の本人であるミントは、由美子の言葉に目を見開いた。

信じられない、と言わんばかりだ。

「な、何を言ってるんですか、歌種さん。わたしは、この仕事で成果を出したいんです！　わたしにはもうこれしかない。足が悪くても、関係ないです……！　歌種さんなら、わかってくれると思ったのに！」

ミントは、裏切り者を見るような目をしていた。

きっと彼女は、歌種やすみを同じ人種だと思っている。

なりふり構わず突き進む、崖っぷちの声優。

それは間違いではないが、そのせいでミントに誤解させてしまった。

崖っぷちではあるが、どんな無茶でも飲み込むわけではない。

「ほらね。そうやって、そそのかすから。その結果が、これじゃない」

冷たい声色が響く。

振り向くと、飾莉が無表情でこちらを見ていた。

あのときと同じ表情、同じ口調で鋭い言葉を放つ。

「つまらないこだわりのせいで、人に期待させる。おかしな意識を植え付ける。無理をすればいいってものじゃないのに――」

「つまらなくはないよ」

彼女の言葉を遮る。

飾莉はまだ何か言いたげに、眉をひそめて睨んできた。

目は逸らさない。

前は、否定されてそのまま打ちのめされた。

だけど、今はそうじゃない。

答えは用意していた。

「飾莉ちゃんに前に言われたこと、あれを否定するつもりはないよ。ミントちゃんの不調に気付けなかったこと、リーダーとして不出来だったこと、視野が狭かったこと。あたしが間違っていたと思うし、反省しなきゃいけない。そこは謝らせてほしい。本当にごめん」

頭を下げる。

それに飾莉は虚を突かれたようで、息が詰まったような音が聞こえた。

顔を上げて、彼女の目を見る。

なぜか、飾莉のほうが気まずそうに目を逸らしていた。

「御花」

めくるの声が小さく響く。

それで、ようやく飾莉はこちらを見た。

彼女の目を見ながら、想いを伝える。

「だけどね、飾莉ちゃん。あたしはそれでも、『負けたくない』って思いを持つことは、間違いじゃないと思ってる。間違いだらけのあたしだけど、今でも道を踏み外しそうになるけど、それでも。あたしは、あいつと張り合うのをやめない」

その言葉に、飾莉の目が強く光った。

敵意を露わにして、こちらを睨みつけてくる。

カッとなったようで、語気を荒らげた。

「なにそれ。何も学んでないの。その結果がこれでしょ。その気持ちのせいで全部間違えたっていうのに、それでもそれにすがりつくの？」

「そうじゃないんだよ。あたしは間違って、間違って学んだから、ここにいるんだよ」

そこで、めくるを見てしまう。

彼女もこちらを見つめていた。

かつて、間違いを犯した歌種やすみに、それは間違いだと教えてくれた人。

めくるに見守られながら、口を開く。

「あたしは失敗した。何度も何度も失敗した。間違いだらけだったよ。飾莉ちゃんが思ってるより何度も転んでる。怒られたし、責められたし、くじけそうになったこともある。ユウと競い合うのが間違いだったんじゃないか、と思ったこともあるよ」

でも、と続ける。

「だけど同時に、それがあるからここにいる。その失敗も間違いも、全部あたし。間違ったことは取り消せない。でも、その間違いを乗り越えることはできる」

考えたことはある。

もし、夕暮夕陽の裏営業疑惑があった際、何もしなかったら。

夕暮夕陽が消えていくのを、ただ黙って見ていたら。

それはきっと、「歌種やすみとしては」正解だ。

あのときの選択が正しいとは絶対に言えないし、言わないし、間違えたからこそ代償を払うことになった。

なったけれど。

それでもいい、と思うのだ。

代わりに、彼女が隣にいてくれるから。

ほかの人には理解できない感情かもしれないし、それで正当化しようとも思わないけれど。

由美子のまっすぐな物言いに、飾莉は怯んだような顔になる。

けれど、すぐに言い返してきた。

「それは結果論でしょ。たまたま何とかなっただけ。今回の失敗が、これからの失敗が、どう響くかなんてわからない。もし最初の一回が、どうしようもない致命傷になったら？」

その言葉で、わかる。

飾莉が、どんな想いを抱いているのか。

「……飾莉ちゃんは、間違えたくないんだろうね。わかるよ。間違えるともう立てないんじゃないか、と思ってこわくなるよね。『絶対に転ぶわけにはいかない』って地面を睨みたくなる気持ちはわかるよ」

「……っ」

飾莉の反応はわかりやすかった。

図星を突かれたように目を見開く。戸惑った表情を見せたあと、ぐっと唇を噛んだ。

めくるが以前、飾莉を『物凄く臆病』と称した理由がようやくわかった気がする。

御花飾莉は間違えることを何よりも恐れている。

由美子たちを見て、内心「あぁはなりたくない」と思っていたのかもしれない。

時たま飛び出すトゲのある言葉は、それが原因なんだろう。

そのうえ、由美子が手を引いたせいでミントは転んでしまった。

だから今も、こうして怒りを露わにしているのではないか。

ミントを見ると、彼女は不安そうにこちらを見上げていた。

飾莉に視線を戻す。

「あたしの間違いに正しいものはなにひとつないけど、わかったことはある。転んだとしても、だれかが手を差し出してくれれば、まだ立てるってこと。だれかが手を引いてくれる限り。あたしは、飾莉ちゃんが手を差し出してくれる、って信じてるよ。仲間だからね」

「…………」

それで納得したわけじゃないだろうけど。

飾莉は黙り込んだ。ただ黙って、こちらの目を見つめる。

由美子は再び、ミントに目を向けた。

しゃがんで視線を合わせ、今度はミントとまっすぐに目を合わせる。

「あのね、ミントちゃん。だから安心して。ミントちゃんは転んだって思ってるかもしれないけど、大丈夫。みんな手を差し出してくれる。あたしが出す。ミントちゃんが握り返してくれれば、また立てるんだよ。何度も転んでるあたしが言うんだからさ、少しは説得力あるでしょ」

「歌種さん……」

「それに、立てないなんて言わせない」

立ち上がる。

目を向けた先にいるのは、めくると飾莉だ。

彼女たちを見ながら、口を開いた。

「ミントちゃんが練習できない分、あたしたちがカバーする。助けるよ。ユニットなんだから、助け合えるんだよ。ね、そうでしょ」

めくる、飾莉の順に視線を向ける。

めくるは普段どおり、さらりと答えた。

「当たり前。歌種に言われるまでもない。今回はべつに、だれが悪いって話でもないし。どれだけ臆病な人でも、転ぶときは転ぶもんだしね」

そうしてから、飾莉を見る。

飾莉は、気まずそうにめくるを見返していた。

しばらくじっと視線を合わせてから、わざとらしく大きなため息を吐く。

「わかりましたよ～。起きたことはもうしょうがないし～。……ちょっとバイト減らして、自主練にも多く出るようにする」

「飾莉ちゃん」

「勘違いしないでくださいぃ～。あたしは柚日咲さんに言われたから、ほんの少し考えを改めただけ。やすみちゃんのスタイルはどうかと思ってます～」

そんな憎まれ口を叩く飾莉だが、さっきまでの刺々しさはない。

めくるに話をされたから、というのは本当だろうが、それでも彼女がそう言ってくれるのが嬉しかった。

頼もしいふたりから、ミントに視線を戻す。

「そういうわけだから。今日のところは帰りなよ、ミントちゃん。で、完璧に足を治して、それからいっしょにレッスンやろ」

ミントの頭を撫でるが、彼女は顔を俯かせている。

そして、ぽつりと呟いた。

「……わたしは先輩ですよ」

「あたしはリーダーです。……リーダーのお願いなんだから、ちゃんと聞いてミント先輩」

ミントは顔を上げる。

こちらを見て、めくるを見て、飾莉を見た。

彼女の表情には、怯えや不安、恐怖などの黒い影がずっとちらついていた。

あのとき倒れてから、まとわりついている恐れの幻影。

しかし、子供のように唇を尖らせると――、ようやくそれが消えていった気がした。

彼女はその影を振り払うように、胸を張る。

「わかりましたよ！　かわいい後輩で、リーダーのお願いですからね。わたしは聞き分けがいいですから、聞いてあげます」

「めちゃくちゃごねてたけどね～」

「御花さん！　聞こえてますよ！」

ミントは飾莉を指差して、それに対して飾莉は笑う。

ようやく重い空気が霧散して、笑顔が戻ってきた。

そして、そのタイミングで扉が開く。

トレーナーだ。

「おはようございまー……、あれ。ミントちゃん？　今日はどうしたの？」

「挨拶です、挨拶！　後輩たちに活を入れにきただけです！　今から帰りますよ！」

やけくそ気味に叫びながら、ミントはトレーナーとすれ違った。

そのままのしのしと帰っていく。

それを笑って見送り、改めてふたりを振り返った。

「さー、練習だ練習だ。ミントちゃんの分まで、あたしらが頑張らないとね」

ミントにあそこまで大見得を切ったからには。

一丸となって、この間違いを乗り越えなくてはならないのだ。


それから、ライブまではあっという間だった。

ミントは約束どおり、完治するまでしっかり練習を休んだ。

復帰後も以前ほど無理はせず、けれど集中力を研ぎ澄ませていた。

それは、隣にいた飾莉の真剣さがそうさせたのかもしれない。

めくるに言われたことが効いているのか、ミントを助けたい、と心から思っているのか。

飾莉はだれよりも一生懸命にレッスンに取り組んでいた。

積極的に周りにアドバイスを求め、頼るようになったのも変化だと感じる。

そのひたむきさに由美子たちもつられ、置いていかれるわけにはいかない、と彼女を追う。

そして。

『ティアラ☆スターズライブ〝ミラク〟VS〝アルタイル〟』が、開演した。

歌種やすみ。

夕暮夕陽。

柚日咲めくる。

夜祭花火。

高橋結衣。

双葉ミント。

御花飾莉。

羽衣纏。

計八人が、音楽に合わせてステージに飛び出していく。

煌びやかな衣装を身にまとい、軽やかに走り抜ける。

広い会場には光が溢れ、ステージを照らしていた。

リハーサルでは空っぽだった客席には、たくさんの人が集まって声を上げている。

サイリウムが、色とりどりに揺れていた。

それらの輝きを見ながら、由美子たちは何百回と練習した振り付けと、歌をステージいっぱいに届けていく。

歓声がこちらにビリビリと届いた。

由美子の隣で、ミントが軽やかにステップを踏んでいる。

ただでさえ笑顔なのに、それを見てさらに緩みそうになった。

一ヶ月の休養なんてなかったかのように、彼女はキレのある踊りと伸びやかな歌声を会場の最奥まで届けている。

ミントの隣では、飾莉が張り合うように腕を大きく振っていた。

その奥にいる、めくると目が合う。

彼女がこちらに笑いかけたと思うのは、自意識過剰だろうか。

光に包まれながら、身体が熱くなるのを感じながら、由美子は幸福感で満たされていった。


「はい、というわけでね。一曲目を聴いて頂きました。いかがだったでしょーか」

由美子が客席に問いかけると、すぐさま歓声が返ってくる。

ちらりと見ると、ミントや飾莉、纏がその迫力に目を丸くしていた。

こういうライブは初めてだから、その反応も仕方がない。

由美子もプラスチックガールズで初めてステージに立ったとき、同じような表情をした。

メンバーがずらりと横並びになる中、由美子の隣にいる千佳が口を開く。

「今回、ライブタイトルが〝ミラク〟VS〝アルタイル〟ということで、ふたつのユニットに分かれています。わたしは〝アルタイル〟のリーダーをやらせてもらっていて」

「あたしは、〝ミラク〟のリーダーでーす。ユニットに分かれて、レッスンとかもしてね。いろいろ大変だったんですよー。みーんなぜんぜん言うこと聞いてくんないし」

リーダーの話は公式からも主張されていた。

その辺りは、プロデューサーが最初に説明してくれたとおりだ。

由美子がふざけた感じで言うと、すぐさまめくるが反応する。

「でもやすみちゃんは、すごく立派にリーダーやってくれてたよ。みんなが仲良くなるために、お祭り誘ってくれたり。あとは……、えー……、お祭り……、誘ってくれたり……」

「ちょっと。ほかにもやってたでしょ。ただお祭り大好きな人みたいになってんじゃん」

そんなベタベタなやりとりでも、観客は大いに笑ってくれた。

ちょっとした冗談でも笑ってくれるから、こういう場はありがたい。

ミントや飾莉はさすがに緊張しているのか、なかなか口を出してこなかった。

もうちょっと緊張がほぐれたら、話を振っていこうか。

そんなふうに考えられること、ミントが無事にステージに立っていること。

それが嬉しかった。

「夕陽先輩もすっごくリーダーやってくれましたよー！　本当に頼りになる先輩で、めちゃくちゃ格好よかったです！　ずっとお世話になりっぱなしで、高橋、足向けて寝れません！」

「何もなくても足向けないでくれる？」

結衣が元気いっぱいに笑顔で言ったあと、千佳が冷ややかに答えた。

結衣の話はリーダーというより、『マショナさん』の件だろう。

一時は崩れかけた主演の結衣だったが、今はこうして満面の笑みを浮かべている。

「うちもいろいろあって大変でした。そのうちラジオか何かで、聞いてもらいたいですね」

千佳がため息まじりでそう言う。

すると、花火が手を挙げた。

「いろいろあったって、なにがー？　歌種ちゃんと夕暮ちゃんは過去にいろいろあったね、って話？」

「おいちょっとその話をするのはダメでしょ」

「この場でそんな話します？　デリカシーを家に忘れてきたんですか？」

花火の言葉にふたりして抗議すると、観客から笑い声が上がった。

花火が、「やっちゃった☆」みたいなポーズを無言で取るから、さらに笑いが強くなる。

そこで、気付いた。

あぁこれ、わざとか。

由美子と千佳は、「もしかしたら、観客の前に出たらブーイングを喰らうかもしれない」なんて心配を、冗談まじりとはいえ、していた。

不安が完全に消えたわけではない。

あのときのことは、なかったことにはならない。

許されたわけじゃない。

だけど――、少なくとも、今、この場は。

客席が笑い声に包まれている、この場だけは。

少しだけ、忘れていいのかもしれない、なんて思えた。

やすやすー、と観客から声が上がる。

夕姫ー、と声が続く。

それを聞きながら、由美子は口を開いた。

「確かに、いろいろありましたけども！　でも、まぁそれはいいでしょ……。もー……。いろいろあったっていうのは、レッスンとかで……」

花火の言葉を受けて、由美子が進行に戻ったときだった。

あ。

まずい。
予定では、ここで由美子がレッスンを絡めた話をして、次の曲に移るはずだった。
そういう進行だから、由美子が話をしなくちゃいけないのに。
「あー……、いや……、本当に……。いろいろ、あって……。いろいろ……」
観客の温かな目が。このやさしい空間が。
胸に、詰まった。
堪えきれない衝動が、胸からぐぐっと上がってくる。
鼻の奥がじぃんとする。じわり、と視界が歪んでしまう。
はっ、と熱い息が漏れた。
花火のせいだ。
花火があんなことを言うものだから。
いろいろと——、思い出しちゃったじゃないか。
教室で喧嘩した相手が、ラジオの相方でびっくりしたこと。
夕暮夕陽の裏営業疑惑で、素の姿を生配信で晒したこと。
声優活動を賭けた勝負をして、集まったファンにふたりでお礼を叫んだこと。
ファントムの収録でこてんぱんにされ、そのあと千佳に助けてもらったこと。
番組のロケや手紙で、相手をどう思っているかを伝えたこと。

ふたりで夜の海に飛び込んだこと。
ふたりで――、ラジオブースで収録したこと。
そんな、いろんな思い出がぐるぐると頭の中を駆け巡った。
「いろいろ……あって……」
声が、涙に染まる。
声が、詰まる。
あぁダメだ、ダメだ。
こんなところで泣いてどうする。
まだ序盤だっていうのに、人前で泣きたくなんかないっていうのに。
それでも我慢できなくて、ぽろぽろと涙がこぼれた。
「いや……、これ……、違くて……、ちがくて……っ」
そんなふうに否定したくても、涙は止まらなかった。
許されたわけじゃないのに、許された気がして。
歩んできた道を振り返ってしまって。
何も言えなくなってしまった。
熱い涙が次から次へと溢れていって、嗚咽まで漏れてしまう。
そこで、ガッと身体を引き寄せられた。

肩に手を回されて、温かい体温をそばに感じる。

千佳だ。

こちらの肩を強く抱いて、千佳はマイクを持ち上げた。

「ごめんなさいね。こっちのリーダーは変に涙もろくなるときがあって。演者が泣いちゃったときのあれ、やってあげてくれる？」

千佳が観客にそう言うと、そこかしこで声が上がった。

「やすやすーー！」

「がんばれーー！」

演者が感極まったときの定番だ。

だけど自分は、こんなことにはならないと思っていたのに。

よりによって、オープニングで崩れるなんて。

この手の話は、印象に残ってしまうから嫌だったのに……！

がんばれー、と聞こえて、より鼻の奥がツンとしてくる。

うぅぅ、と声が漏れる。

このままじゃ本当にまずい。

だから由美子はマイクを持ち上げて、無理やりに叫んだ。

「うるせ――――っ！　次の曲、いくぞ――――――っ！」

声を張り上げると、ステージが暗転する。

暗闇の中でポジションに移動する際、千佳に肩をぽん、と叩かれたのが腹立たしかった。


「それじゃあね――――――！　今日はありがと――――――ッ！」


大歓声を浴びて、手を振りながらステージの袖に捌けていく。

肩で息をしながら、控え室に向かった。

最後だと宣言した曲を歌い終えたが、ここからアンコールがある。

既に客席からはアンコールの声が響いていた。

けれど、ここからは『ティアラ☆スターズ』の様々な告知が続き、このライブ唯一のソロ曲が流れるので、多少はゆっくりできる。

控え室に入ると、モニターの前にメンバーが揃っていた。

しかし、千佳だけは由美子を待っていたようだ。

入り口のそばで、腕を組んで立っていた。

お互い、言うことがあったから。

「「うちのユニットのほうが盛り上がってた」」

指を差し、全く同じことを言う。

千佳の眉がぴくりと動き、由美子の唇が下がる。

「何言ってんの？　『運命の刻』の盛り上がり見てなかった？　会場揺れてたよ？　観客ぶちあがりすぎて、みんな白目剝いてたし」

「あなたこそ、『レジェンド・プロローグ』のコール＆レスポンスの激しさ見なかったの？　音圧すごすぎて、吹き飛ぶと思ったわ。それとも、ずっと半べそかいてて見られなかった？」

「べ、べそなんてかいてませぇん～……。うちだって、観客の声すごかったから。すごすぎてミント先輩、ちょっと身体浮いてたし」

「浮いてませんけど。変な言い合いに巻き込んで、人を勝手に浮かすのやめてくれます？」

「その話、今する必要ある～？　ラジオかなんかでやれば～？」

「そうだよー。歌種ちゃんも、夕暮ちゃんも、あとにしなー。ほら、今からすごいのあるんだから。めくるはもうスタンバってるし」

「せんぱーい！　とにかく今はモニター観ましょうよー！」

ふたりで言い争っていると、モニターの前に集まったメンバーにワイワイと言われる。

確かに、今すべき話じゃないかもしれない。

勝負は一旦おあずけにして、千佳と由美子はモニター前の彼女らに加わった。

モニターには、ステージが映し出されている。

会場内にカメラがあり、演者はここからステージを確認することができる。

だれもいないステージと、暗いスクリーン、アンコールを叫び続ける観客。

しばらくそんな光景が続いていたが、突然暗転した。

おー!? という観客の声が聞こえてくる。

だが、始まるのはアンコールではなく、告知だ。

スクリーンに『ティアラ☆スターズ』の情報が表示される。ゲーム情報やアニメの告知、イベントの詳細など、既に公開された情報を含め、次々と流れていく。

観客はそのたびリアクションを取ってくれるが、どれもそれほど大きいニュースではない。

盛り上がるには足りない。

しかし、ここで初出の大きな情報が流れた。


『九月ライブ、参加メンバー決定!』


歓声が上がった。

九月のライブ開催は既に発表されているものの、メンバーの詳細までは伏せられていた。

ライブにだれが出演するのか、しないのかは重要な情報のため、非常に盛り上がっている。

モニターにキャラのイラスト、名前、声優名が輝き、メンバーが発表されていった。

『海野レオン　CV:歌種やすみ』

表示されると、すぐにやすやすー！　という歓声が聴こえた。

テンポよくメンバー紹介がされていき、そのたびに歓声が上がったが、この場にいる八人は九月のライブにも全員参加だ。

しかし、ここまで派手に演出したのには理由がある。

再び、モニターが暗転する。さらに、音楽まで止まった。

ここだ、と由美子は唾を飲み込む。

次の瞬間、豪快な効果音とともに、大きく文字が表示された。

『そして――』

『究極のアイドル――、エレノア・パーカー参戦！』

もうひとりのメンバーの名前が、モニターいっぱいに現れた。

『エレノア・パーカー　CV：桜並木乙女』

イラストと名前が現れた瞬間、凄まじい歓声が会場内を覆った。

桜並木乙女がライブに参加すると決まっただけで、熱狂を生んでいる。

その盛り上がりが冷めやらぬまま、ライブタイトルも発表された。

『ティアラ☆スターズライブ　〝オリオン〟VS〝アルフェッカ〟』

今回が〝ミラク〟VS〝アルタイル〟という形式を取ったように、次のライブもふたつのユニットの対決という形になる。

〝オリオン〟と〝アルフェッカ〟はアニメでも描かれるユニットなので、より盛り上がった。

そして、桜並木乙女演じるエレノア・パーカーは、〝アルフェッカ〟のメンバーだ。

エレノアは〝ミラク〟にも〝アルタイル〟にも入っていない。

七月のライブが〝ミラク〟と〝アルタイル〟だったのは、乙女のスケジュールの都合もあるのだろう。

そして、盛り上がるのはこれからだ。

エレノア・パーカーのソロ曲のイントロが流れ始める。

単に演出だと思われているようだが、そうではない。

歌声が響く。

そこでようやく、観客は気付いたようだ。

ステージの真ん中に、ひとりの女性が立っていることに。

『みんな――――！　来ちゃった――――っ！』

そう叫んだ瞬間、会場がまぎれもなく震えた。

おそろしいほどの大歓声。地鳴りを思わせる、とんでもない興奮の渦。

モニター越しでもビリビリと空気が震えていた。

サプライズで登壇したのは、エレノア役の桜並木乙女、その人である。

ソロ曲一曲だけの参戦ではあるが、観客は凄まじいほどヒートアップしていた。

もはや自分たちのライブなんて、覚えている人がいるんだろうか、と思うくらいに。

「サプライズとはいえ……、ここまで違う……？」

隣に立つ千佳が、唖然とした様子で呟く。

きっと由美子も、似たような表情をしていたはずだ。

全くもって他人事ではない。

普段ならば、姉さんさすがー！　なんて声を上げるところだが。

そんな余裕は一切なかった。

めくる、花火、結衣の三人は、のんびりとモニターを見ているけれど。

それ以外のメンバーの気持ちは複雑だ。

桜並木乙女は、味方ならば心強いが。

敵ならば――、おそろしいほどの脅威になる。

こうして戦慄を覚える羽目になったのは、九月ライブのユニットメンバーが問題だった。

〝オリオン〟……歌種やすみ、夕暮夕陽、双葉ミント、御花飾莉、羽衣纏
〝アルフェッカ〟……桜並木乙女、柚日咲めくる、夜祭花火、高橋結衣

次のライブは、〝オリオン〟VS〝アルフェッカ〟。

このメンバーで、乙女たちのユニットに挑まなければならない。

才能の塊である高橋結衣、経験と比類なきトークスキルを持つ柚日咲めくると夜祭花火。

そして、人気声優の地位を確固たるものとする、桜並木乙女のユニットに。

もちろん、ライブバトルは形式上のものであり、実際に勝敗を決めるわけではない。

今回のライブだって、結果にこだわっているのは由美子と千佳だけだ。

けれど。

それは、ふたつのユニットが均衡しているから。

どっちも盛り上がっていたじゃないか、で済む話だからだ。

だが――、このままでは、まずい。

明らかに盛り上がりに差があるのは、まずい。

自分たち〝オリオン〟は、桜並木乙女率いる〝アルフェッカ〟の添え物、前座と化してしまうのではないか。

〝オリオン〟VS〝アルフェッカ〟と謳っておきながら、勝負にならないのではないか。

それを避けるためには。

このメンバーで、乙女たちのユニットに張り合わないといけないのだ。

「佐藤」

「うん……」

千佳に声を掛けられ、頷く。

モニターの中は今日一番の大喝采に包まれて、乙女が笑顔で手を振っていた。

「夕陽と」

「やすみの！」

「コーコーセーラジオー！」

「…………。おはようございます、夕暮夕陽です……」

「おはようございます！　歌種やすみです！」

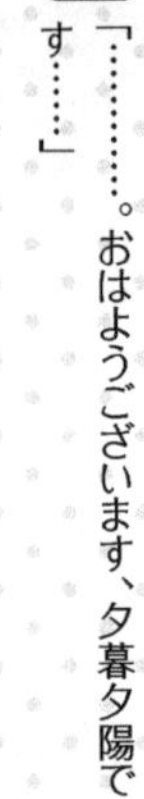

「……この番組は偶然にも同じ高校、同じクラスのわたしたちふたりが、皆さまに教室の空気をお届けするラジオ番組です」

「はい！　というわけで始まりました、コーコーセーラジオ！　パーソナリティはおなじみ、やっちゃんです！」

「早いのよ」

「早い？　ユウちゃん、何が早いの？　あ！　ユウちゃんの口調？　確かにいつもより、ちょっとだけ早口かも！」

「早いって言ってるのは、照れ隠しをする速度と、やっちゃんを出すタイミング。オープニングから逃げることないでしょうに」

「え～？　照れ隠しってなんのこと？　やすみ、わかんないな～！」

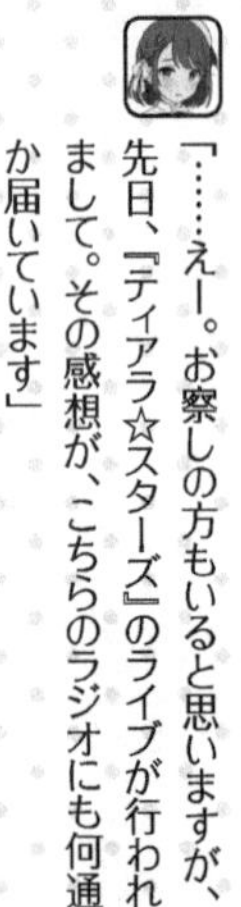

「……えー。お察しの方もいると思いますが、先日、『ティアラ☆スターズ』のライブが行われまして。その感想が、こちらのラジオにも何通か届いています」

「ちゃんと作品のラジオがあるんだから、感想メールはそっちに送るべきって、やすみは思うんだけどね！」

「その辺りはリスナーも心得ているんでしょう。わたしとやすに関するメールしか届いてないし、今回採用されたメールもごく一部の展開にしか触れられてないわ」

「そうなんだ! ユウちゃん、眼鏡変えた?」

「かけてないわ。話題の逸らし方が雑すぎ。えー、じゃあ早速一通。〝産地直送のゴリラ〟さん。『〝ティアラ〟のライブ、観に行きました! 開幕、やすやすが泣き崩れるところを見て、僕ももらい泣きしてしまいました』」

「お腹すいたな～、消しゴム食べようかな～」

「『やすやすが泣いてしまうのは意外でしたが、リーダーということで、大変なことがいろいろあったんだなあ、と思います。その姿を見て、僕も涙が止まりませんでした。やすやす、よく頑張った!』……、とのことです」

「そうだね～、やすみもソース垂らしてレースしたいな～」

「意外って書かれているけど、そこそこ泣いてますけどね、この人。案外涙もろいのよ」

「……………。ふぅー……」

「なに? ようやく戻ってきた? やっちゃんはもう終わり? 次読んでいいかしら」

「はい! 次のメール読みます! 〝人生ずっと初メール〟さん。『〝ティアラ〟のライブ、すごくよかったです! 特に、やすやすが泣いちゃうところで、僕の涙腺もヤバかったです!』」

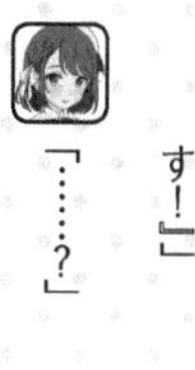

「……?」

Next Page!

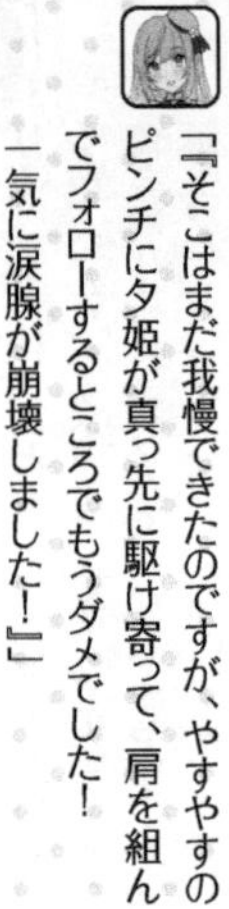

「『そこはまだ我慢できたのですが、やすやすのピンチに夕姫が真っ先に駆け寄って、肩を組んでフォローするところでもうダメでした！　一気に涙腺が崩壊しました！』」

「あっ」

「『やっぱり、こういうところにコンビ愛が出ますね！　いざというとき、助け合えるふたりが大好きです！』……、だって！　いや～、素敵だねー！」

「そ、そうね……、ええ……」

「実際、すごく嬉しかったと思うよ！　やっぱり相方がね、そばに来てくれるとね。安心しちゃうしね。フォロー入れてくれたのも、とっても感謝してるんじゃないかな～」

「あ、あぁ、そ、そう……」

「やっぱり頼りになるよね～！　嬉しいとありがとうが混ざっちゃって、余計泣いちゃったのかも（笑）助かった、ありがと。って思ってるよ、きっと！」

「……」

「ユウちゃん？」

「……ん～？　やっちゃん、どうかした～？　わたし、何かおかしなこと言った～？」

「ううん、そんなことないよ！　このまま一気にゴリ押そうね！」

「そうだね～。ごめんなさい～、今日はずっとわたしたちが出ずっぱりかも～」

「たまにはこういう回があってもいいんじゃないかな～！　やっぱりメールのね、内容がね、

こう言うのはアレだけどダメだよね！」

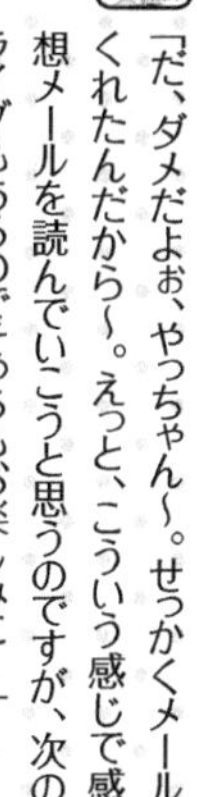
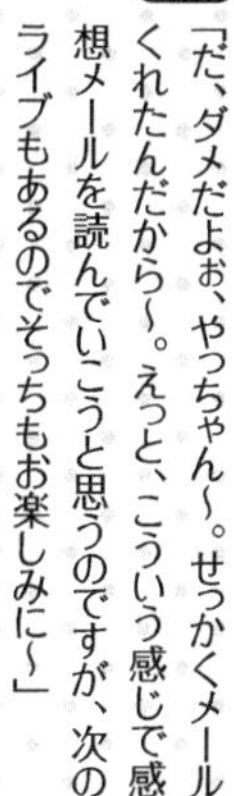

「だ、ダメだよぉ、やっちゃん〜。せっかくメールくれたんだから〜。えっと、こういう感じで感想メールを読んでいこうと思うのですが、次のライブもあるのでそっちもお楽しみに〜」

「そうだね！　次のライブは九月！　ということで、まだまだ盛り上がる〝ティアラ〟！　よろしくお願いします！」

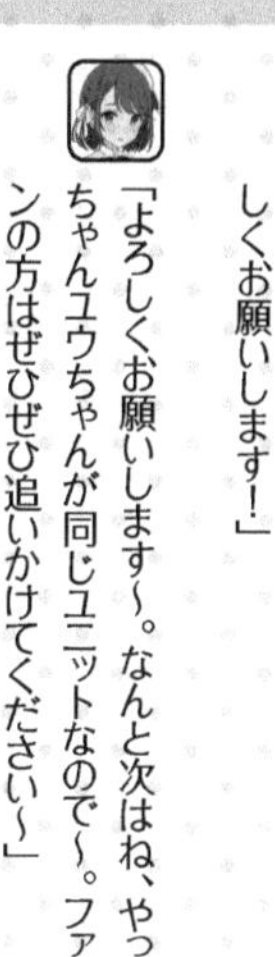

「よろしくお願いします〜。なんと次はね、やっちゃんユウちゃんが同じユニットなので〜。ファンの方はぜひぜひ追いかけてください〜」

「今度はユウちゃんが泣いちゃうかもね！（笑）」

「そうなったら、やっちゃん助けてくれる〜？」

「もちろんだよ！　大事な相方だもん！」

「も〜、やっちゃん大好き！」

「やすみもユウちゃんのこと、大好きだよ！」

「ンンッ」

「……ちょっと。むせるんじゃないよ」

to be continued!!!!

あとがき

お久しぶりです、二月公です。

早速ですが、ひとつご報告させて頂いてもよろしいでしょうか……！

『声優ラジオのウラオモテ』、オーディオブックが発売されました！　やったー！

オーディオブックというのは、ナレーターさんが朗読してくれた本を聴く音声コンテンツ、聴く読書、というものです。

丸々一冊朗読するものも多いのですが、いやこれちょっと耳を疑いますよね。

本を丸ごと一冊朗読!?　声優さんに負担掛かり過ぎじゃない!?　ってまず思いました。

実際、ラジオで声優さんが「この前、オーディオブックの仕事があってね。一冊ぜんぶ読むんだけど、すごく大変だった～」みたいな話も聴いていて。

そりゃ大変だよな～……、とは思いながらも、自分の本を丸々朗読してもらえる、というのはとても憧れました。すごく光栄ですよね。

もし出たら嬉しいな～！　なんて夢見ていたのですが、今回それが叶いました！

しかも第四巻まで発売決定しているのですが、朗読してくださる声優さんが、なんと！

第一巻、第三巻は豊田萌絵さん！

第二巻、第四巻は伊藤美来さん！

です！　『声優ラジオのウラオモテ』のPVやタイアップ企画で渡辺千佳、佐藤由美子を演じてくださったおふたりです！

いやもう、これが決まったとき、はちゃめちゃに嬉しかったです。感無量でした。

さらに、以前タイアップして頂いた超！A&G+『Pyxisの夜空の下 de Meeting』さんの番組内で、由美子と千佳、夕陽とやすみ、の二組でミニドラマ形式の告知をさせて頂きました！

以前のあとがきでも書きましたが、わたしはもう完全にただのピクミリスナーなので、こうして再び『声優ラジオのウラオモテ』が関われることが嬉しくて堪りませんでした。

本当に、いろんな人にいくら感謝しても足りません！

そんな『声優ラジオのウラオモテ』オーディオブックはListenGo - リスンゴ - から第一巻が好評発売中です！　よろしくお願いしま～す！

自分は周りの方々に本当に恵まれていて、感謝ばかりの日々を送っています。

華麗で可愛らしいイラストを描いてくださる、さばみぞれさん。今回はステージ衣装のデザインもあって大変だったと思います……！　いつもありがとうございます……！

そして、この作品に関わってくださっている沢山の方々、応援してくださる皆さま、いつも本当にありがとうございます……！　これからも応援して頂けると大変嬉しいです……！

◉二月　公著作リスト

「声優ラジオのウラオモテ　#01　夕陽とやすみは隠しきれない？」（電撃文庫）
「声優ラジオのウラオモテ　#02　夕陽とやすみは諦めきれない？」（同）
「声優ラジオのウラオモテ　#03　夕陽とやすみは突き抜けたい？」（同）
「声優ラジオのウラオモテ　#04　夕陽とやすみは力になりたい？」（同）
「声優ラジオのウラオモテ　#05　夕陽とやすみは大人になれない？」（同）
「声優ラジオのウラオモテ　#06　夕陽とやすみは大きくなりたい？」（同）

本書に対するご意見、ご感想をお寄せください。

ファンレターあて先
〒102-8177　東京都千代田区富士見2-13-3
電撃文庫編集部
「二月 公先生」係
「さばみぞれ先生」係

本書は書き下ろしです。

電撃文庫

声優ラジオのウラオモテ

#06 夕陽とやすみは大きくなりたい？

二月 公

◆◇◇

2021年12月10日　初版発行
2024年３月15日　４版発行

発行者　山下直久
発行　株式会社KADOKAWA
〒102-8177　東京都千代田区富士見2-13-3
0570-002-301（ナビダイヤル）
装丁者　荻窪裕司（META＋MANIERA）
印刷　株式会社KADOKAWA
製本　株式会社KADOKAWA

ISBN978-4-04-914132-0　C0193　Printed in Japan

電撃文庫　https://dengekibunko.jp/

電撃文庫創刊に際して

文庫は、我が国にとどまらず、世界の書籍の流れのなかで〝小さな巨人〟としての地位を築いてきた。古今東西の名著を、廉価で手に入りやすい形で提供してきたからこそ、人は文庫を自分の師として、また青春の想い出として、語りついできたのである。

その源を、文化的にはドイツのレクラム文庫に求めるにせよ、規模の上でイギリスのペンギンブックスに求めるにせよ、いま文庫は知識人の層の多様化に従って、ますますその意義を大きくしていると言ってよい。

文庫出版の意味するものは、激動の現代のみならず将来にわたって、大きくなることはあっても、小さくなることはないだろう。

「電撃文庫」は、そのように多様化した対象に応え、歴史に耐えうる作品を収録するのはもちろん、新しい世紀を迎えるにあたって、既成の枠をこえる新鮮で強烈なアイ・オープナーたりたい。

その特異さ故に、この存在は、かつて文庫がはじめて出版世界に登場したときと、同じ戸惑いを読書人に与えるかもしれない。

しかし、〈Changing Times,Changing Publishing〉時代は変わって、出版も変わる。時を重ねるなかで、精神の糧として、心の一隅を占めるものとして、次なる文化の担い手の若者たちに確かな評価を得られると信じて、ここに「電撃文庫」を出版する。

1993年6月10日
角川歴彦

浮遊世界のエアロノーツ
無数の島々が浮かぶ世界で
森日向
〈イラスト〉——にもし
心躍るロードノベル開幕！
自分探しの旅がはじまる。
世界を変える《干渉力》の
才能を持つが故に人々から疎まれ、
心を閉ざしていた少女・アリア。
自由気ままな飛空船乗りの泊人や、
文化や価値観の異なる
島の住人たちとの交流のなかで、
少女は《風使い》としての力を
開花させていく——。
電撃文庫